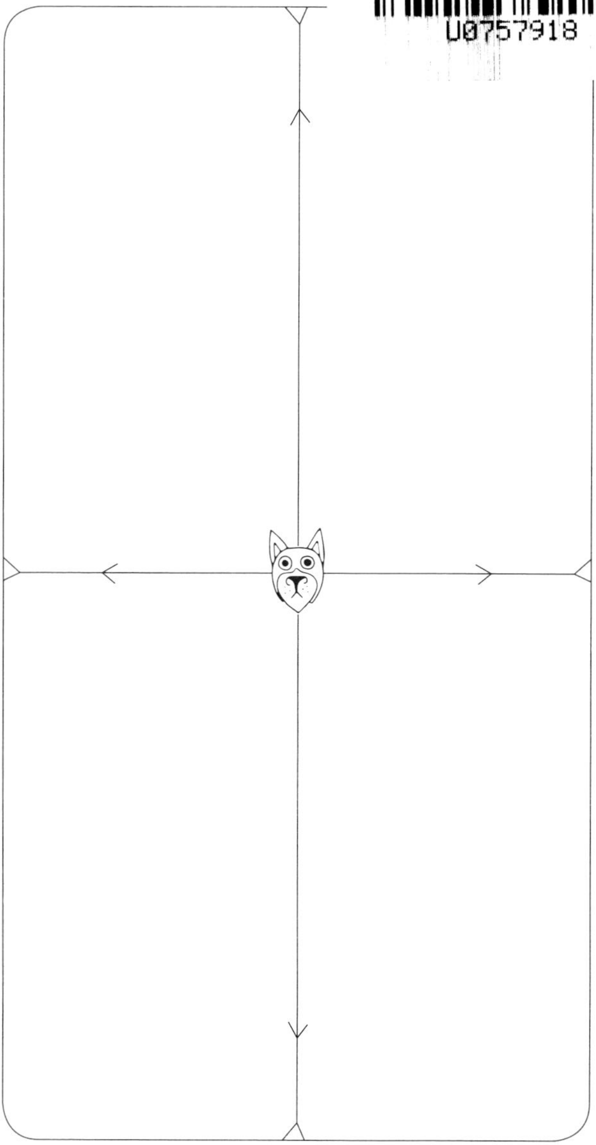

奥林匹斯

LA MYTHOLOGIE

山上的

VUE PAR LES

怪物

MONSTRES

有话说

地狱犬塞伯拉斯

Moi, Cerbère, gardien des Enfers

[法] 西尔维·博西埃 著 徐洁 译

中央编译出版社
CCTP Central Compilation & Translation Press

Sylvie Baussier

Note

作者按

d'intention de l'autrice

如果我告诉你，希腊神话中的怪物们其实都保有一丝人性；

如果我告诉你，我们每个人的内心都有一处自己不愿面对的隐秘角落……

历史总是由胜利者来书写，我们对此已司空见惯：滑铁卢在英国的教科书里被描述成一场大胜仗，但在法国却不为人知！在神话故事里，忒修斯是大英雄，而米诺陶则成了大坏蛋……

可是，如果我们换个角度，是否可以关注一下“负面人物”呢？

或许，可以请他们来讲述一下自己的故事？

女士们、先生们，亲爱的读者们，现在就请拉着我的手，开启这段奇妙的旅程……

人物介绍
Les personnages

Cerbère

塞伯拉斯

塞伯拉斯是一只三头犬，

是堤丰和厄喀德娜的儿子。

他是冥界的守护者，也是这个故事的主人公。

Orthros et le lion de Némée

双头犬俄耳特洛斯和涅墨亚狮子

这两位是塞伯拉斯的兄弟。

俄耳特洛斯是一只双头犬，

负责守护巨人革律翁的牛群。

赫拉克勒斯必须完成的12项功绩中的

第1项就是战胜庞大的涅墨亚狮子。

他们的姐妹是勒奈亚海蛇。和涅墨亚狮子一样，

这条海蛇也在赫拉克勒斯完成功绩时

成为他的手下败将。

Héraclès

赫拉克勒斯

这位半神是宙斯众多儿子中的一个。

宙斯的妻子天后赫拉出于嫉妒，

强迫他必须完成表兄欧律斯透斯

交给他的12项功绩。

Hadès et Perséphone

哈得斯和珀塞福涅

冥王哈得斯是宙斯的哥哥。

得墨忒耳的女儿科瑞被叔叔哈得斯绑架，

从此改名为珀塞福涅，

成为冥界的王后。

Eurydice et Orphée

欧律狄刻和俄耳甫斯

俄耳甫斯是河神俄阿格洛斯

和缪斯女神卡利俄珀的儿子。

欧律狄刻是女树神，也就是橡树上的宁芙女神。

俄耳甫斯和欧律狄刻结婚，并深爱着彼此。

Énée

埃涅阿斯

特洛伊王子埃涅阿斯是安喀塞斯

和女神阿佛洛狄忒的儿子。

他是特洛伊战争的英雄之一，

也是传说中罗马城的缔造者。

楔子
Prologue

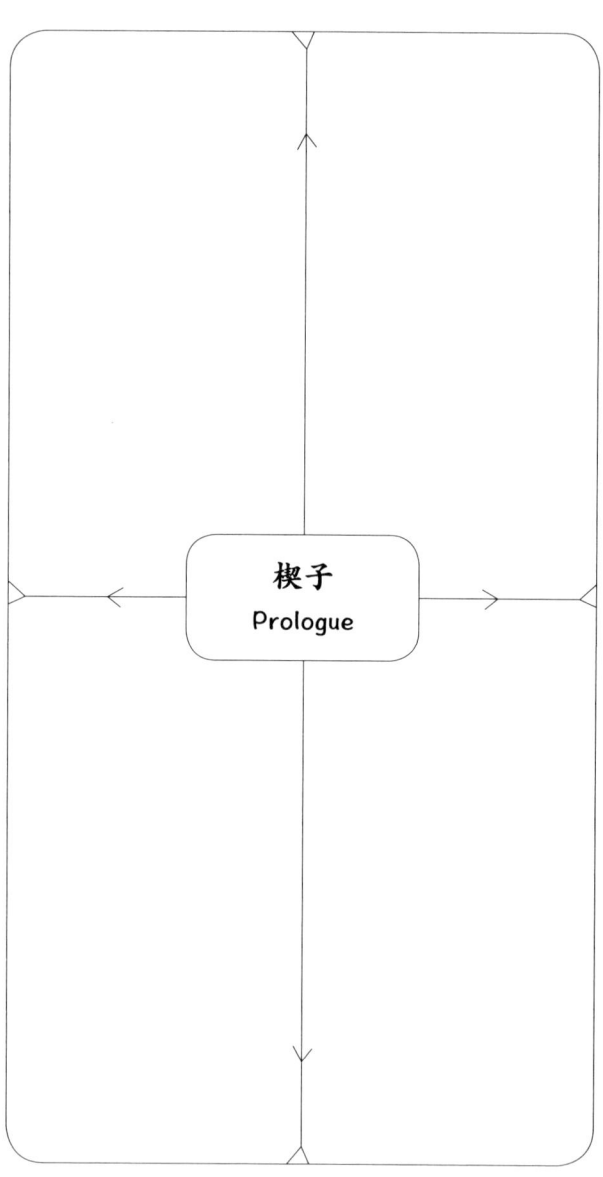

你愿意日日夜夜被锁在一条无法打破的锁链上吗？

有人要你做一个十全十美的守护者，却眼睁睁看着你饥肠辘辘，你是否愿意尝一尝这样的滋味？我的主人们就是这么要求我的。他们的命令很明确：任何活人都不得进入冥界，任何死人都不得从冥界里出来。

而我，在整个遭遇中，可曾得到一个关怀的爱抚、一句暖心的话或者一个感激之词？

没有。

更糟糕的是：大家都觉得我很丑，所有人都讨厌我。

谁想尝尝我的遭遇？

我并没有做错任何事，我不该受到这样的惩罚。

我曾有过一个家，还有一群我深爱的家人。

我的兄弟姐妹同样有凄惨的遭遇。

天生长着三个狗头和一条蛇尾，这难道是我的错？

我的模样吓到别人，这难道是我的错？

哈得斯巴不得如此。

我时时刻刻梦想着自由。

目录

Table des matières

第一章

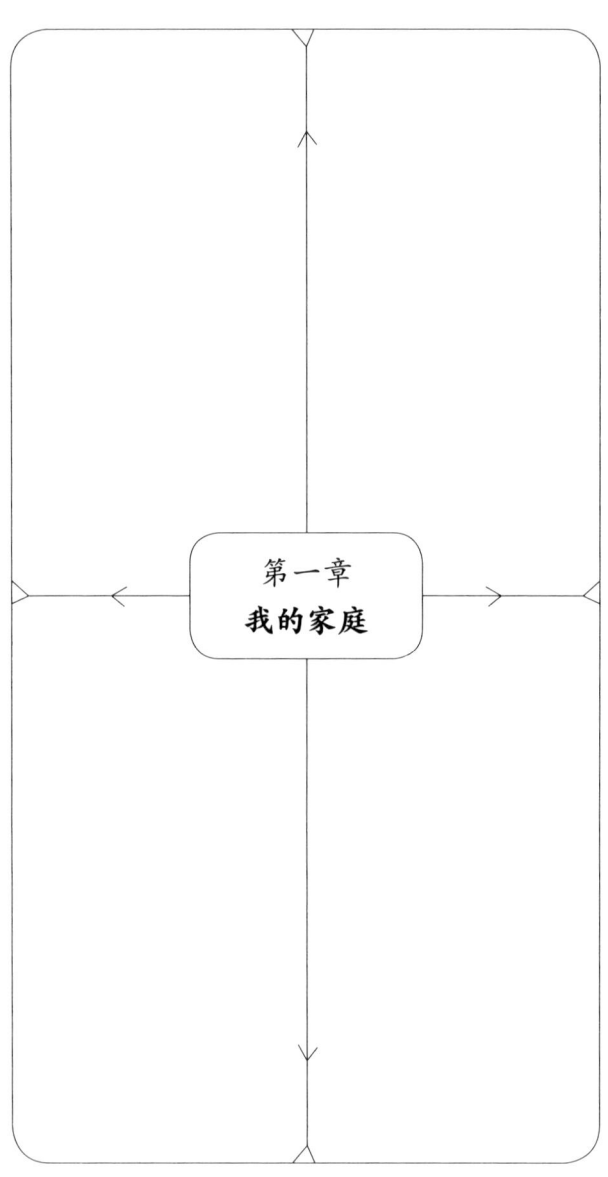

我的家庭

Chapitre 1
Ma famille

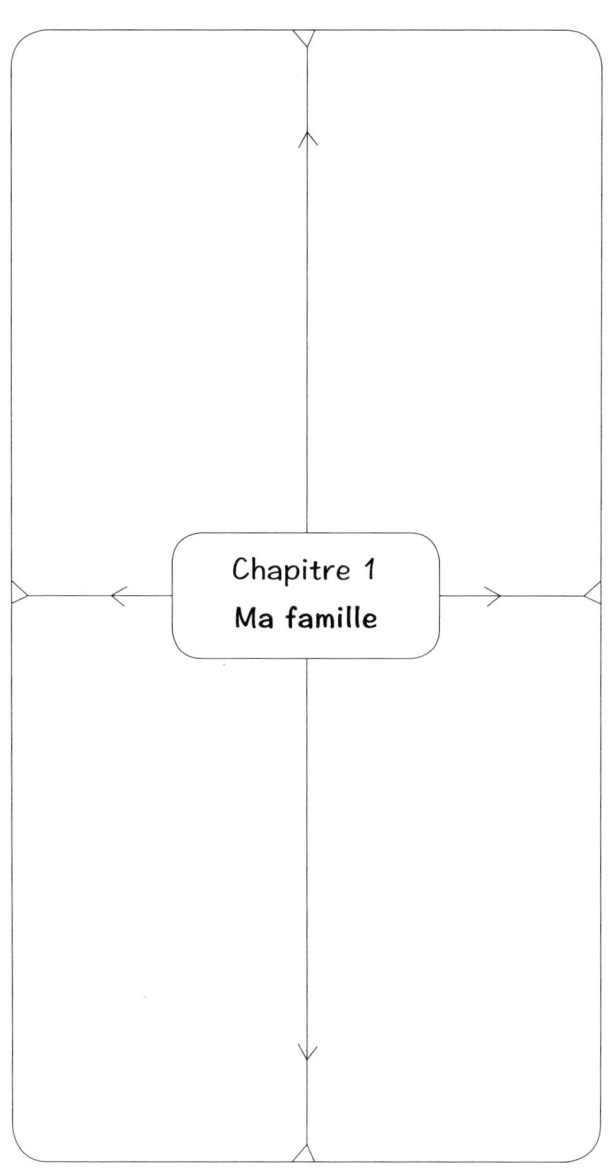

我正追赶着我的兄弟俄耳特洛斯。他只有两个脑袋，可怜的家伙，而我有三个！我俩喜欢吵嘴，以咬住对方取乐，有时也会咬破皮肉，血顺着我们的毛皮流下来。

“你抓不到我的！”俄耳特洛斯笑着冲我说。

“当然抓得到！谁让我比你强。”

他知道我没说错，便撒开腿跑掉了。

我冲过去追他，我们绕着房屋的柱子滑行。我的母亲蛇尾女厄喀德娜温柔地看着我们。

“这里发生了什么事？”仿佛有一百个雷鸣般的声音同时响起。

这是我父亲堤丰，他的几个龙头就像手指一样，摇晃着质问我们。这个巨人身形庞大，却没有坏心肠。

我妈妈平静地回答他：“他们不过是在闹着玩罢了……”

“我看到了。”我父亲回答，“可总有一天，他们会因为到处乱跑而伤到自己。”

“也许吧……可你怎么能阻止他们寻

开心呢？为什么要去干涉他们？你小时候从不玩耍吗？”

我父亲不说话了。

“没他们那么放肆。”他叹了口气，“我那时没有同龄的玩伴。你说得对，就让他们玩去吧。”

话虽如此，他还是不忘对我咆哮几句：“塞伯拉斯，不要仗着自己厉害就欺负你的兄弟，好吗？”

我喘着气回答说：“好的，父亲。”

谁也不敢和堤丰打哈哈。

俄耳特洛斯抓住这个喘息的机会，跑进花园里的橄榄树林中，我紧随其后。我张开三张嘴咬他。这时我想起父亲说的：“别欺负人。”父亲说得对，我有三个脑袋，而俄耳特洛斯只有两个，所以我很容易咬住更多皮肉。这可不是开玩笑的。

我用力一脚踹倒了弟弟。他四脚朝天，用狗的语言来说就是：“你赢了，我投降。”我生命中第一次发生某件怪事：我的三个脑袋中的每一个都开动脑筋，产生了不同的想法。仿佛我不再是一条狗，而是三条！

其中一个脑袋寻思着："好吧，既然弟弟承认我比较强，那我就放他一马。"

第二个脑袋则比较激动："他现在任凭你摆布。把你的牙齿咬进他毛皮里，好好教训他一顿！"

第三个脑袋像个小孩子一样发出无声的呐喊："妈妈，告诉我你爱我，把我抱在怀里……我害怕变成坏小孩……"

我一屁股坐在地上，感到有点茫然。俄耳特洛斯看到我一动不动，起身就跑。

我们的姐妹勒奈亚海蛇，正兴致勃勃地观看这场战斗。她的蛇身原本缠绕在橄榄树上，此时则松开来，用好几个蛇头的声音组成的和声挑衅地说道："哦？你现在怕那孩子了？"

我还没来得及回答，我们的兄弟、强大的涅墨亚狮子就朝着我走了几步，用他有力的声音询问："你可是生病了？妈妈的小塞伯拉斯……"

我？我是"小塞伯拉斯"？我一下就火

了，扑到他身上。在正午的炎炎烈日下，我俩在尘土中翻滚打斗起来。

“行了吧，我的孩子们……你们过分了。”厄喀德娜一边叫道，一边把我们分开，“要是你们继续下去，会自相残杀的，那可不是闹着玩的……”

她说得对，那可不是闹着玩的。

狮子和我停止了肉搏。我们四个你看看我、我看看你，一边咆哮着，一边咧开嘴笑。哦，难讲，勒奈亚海蛇一张嘴在笑，另一张嘴……就说不准了。狮子喜不自禁，发生一声巨吼，而俄耳特洛斯则狂吠两声。我也加入了这场音乐会，三个脑袋一起“汪汪汪”叫了起来。

这没啥，不过是几个半大孩子之间的一场大规模争吵罢了。

我和我的姐姐、兄弟们相亲相爱。

我们的父母爱我们。

我们很清楚，在混沌初开之际，我们组成了一个奇特的家庭。可那又怎么样？反正眼下我不在乎。我和这些家伙相处愉快，我们虽长得各不相同，但却亲密无间。我既想同他们共度一生，有时又梦想远行，结识新朋友……不过，去哪儿呢？该怎么去？

说到我的父亲，他从来不做梦，从来不笑。他注意到大地西边很远的地方有烟雾升起，一种不寻常的紧张感传遍他全身，他的肌肉都僵硬了起来。家里弥漫着一种不安的气氛。那么，他究竟看到了什么呢？

“我不知道这些神灵在做什么。”他低声说道，“有什么不对劲。只要……”

“怎么？”我的母亲追问道。

“只要奥林匹斯山诸神不来打扰我们就行。我信不过宙斯，更何况他哥哥姐姐众多。自从他接替克洛诺斯成为宇宙首领之后，就一心想只手遮天。”

我把头转向西边，想看看父亲担心的究竟是什么。我眯起六只眼睛尽力眺望，只见远处有一团团东西——我猜是黑暗的火焰，我的狗鼻子则闻到一股硫黄味，那边到底有什么？

“不要紧的。”勒奈亚海蛇拉松了口气。

“你知道什么？”双头犬俄耳特洛斯反驳道。

“他们要是敢来惹我们，我就把他们一口吞了！”狮子咆哮起来，摇晃着厚厚的毛皮下的肌肉，露出闪闪发光的大獠牙。

厄喀德娜看着我们，笑了起来：“我亲爱的孩子们，你们很勇敢，我爱你们四个。不管发生什么事，都要记得妈妈爱你们。”

既然她就在这儿，每天都在我们眼前，为什么还要我们记住她的爱呢？哦，她不太喜欢拥抱，我们的父亲更不喜欢，可他俩保护着我们。我们能感觉到，我们在这里一切平安，远离世界的纷争暴力，直到永远。

直到永远，真的会这样吗？

第二章
神意难测

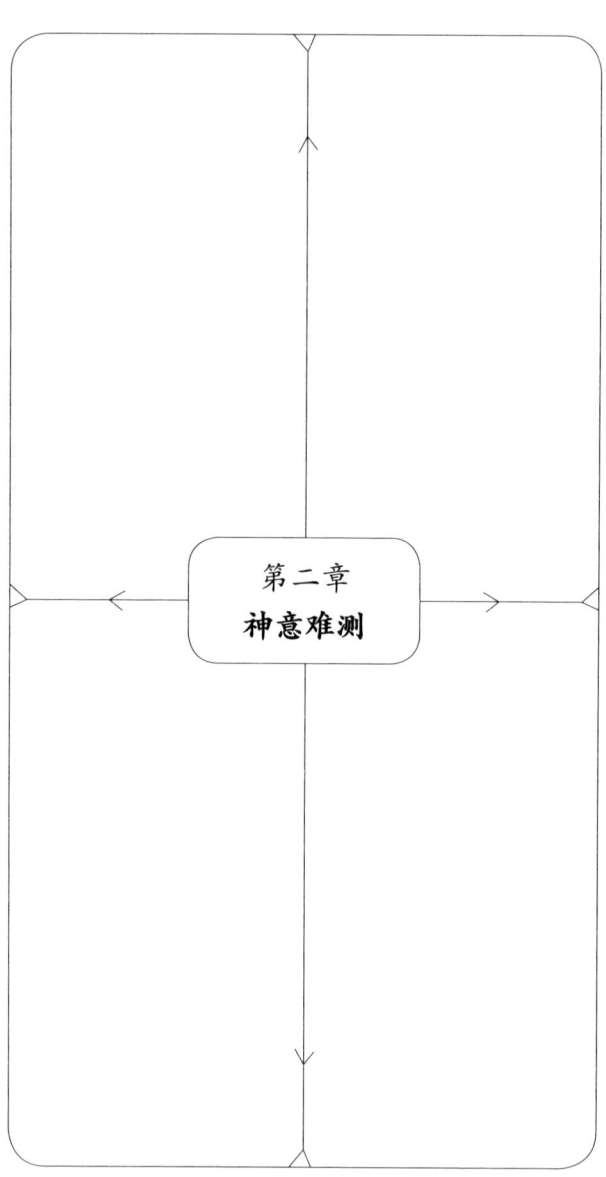

Chapitre 2

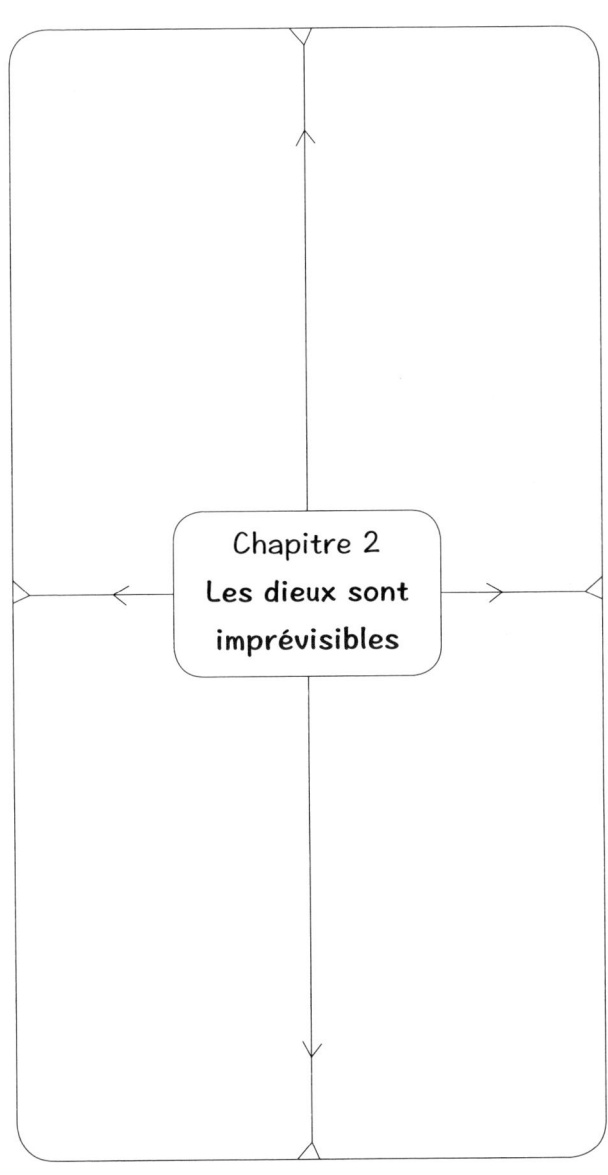

Les dieux sont imprévisibles

远处的烟雾还在升腾。在我们头上，比云层还高的地方，打雷般的轰鸣声越来越洪亮——这是宙斯和他的哥哥姐姐，也就是主宰我们命运的诸位神灵。我知道，我们的父母警告过我们，要提防着他们。厄喀德娜看起来越来越担心。

她转向我们，再次提醒："务必小心，我的孩子们。神意难测，有时他们会赐福给我们，有时则会爆发雷霆之怒……尽量低调行事，不要太惹眼。"

"快乐生活，低调生活。"堤丰附和道。说起来，他那说话声可一点也不低调。

为什么宙斯他们要刁难我们呢？我们没做错任何事。

可天上始终雷声轰鸣！

"你在说什么，宙斯？我要和你一起留在这儿，留在奥林匹斯山！要我下到冥府，门都没有！"一个黑暗低沉的声音抗议道。

"我亲爱的哈得斯，波塞冬统治着海洋，赫斯提亚掌管万家炊火……说白了，我分配任务给你们，各有各的分工，为的是让世界运转，你可明白？总得有人去管理那些死去的亡魂，这是一项崇高的任务，而且……”

“我的好兄弟，我也希望人类能安享太平。可让他们生下来就长生不死不就得了！至于我，我的要求很简单，只想活在阳光下，有良伴在侧。而你却给了我一个地下王国……”

“就这么说定了。”众神之王的话音如雷鸣般响起，愤怒伴随着一道闪电，瞬间耀花了我的眼睛。“到世界的西边去吧，去创造你的王国！”

这道命令之后，是一阵沉默。

接着，哈得斯的声音再次响起，阴郁低沉：“那好吧。既然你吩咐了，兄弟，那我走了。”

一个神居然在赌气！这个神在为他自己的命运而愤怒！这激起了我的好奇心。

我摆出一副尽可能天真的神情问妈妈：“妈妈，冥界在哪里？”

“很远，在太阳落山的那一边……你看

到的烟雾升起的地方……”

“哦？”

我的好奇心被勾起来了，完全把我吞噬了。周游世界，探索从未到过的地方……那该是多么快乐啊！再说了，为什么不呢？我还可以再回来的。

于是，我宣布说：“我要出去转一圈，活络一下筋骨。”

“我陪你一起去。”双头犬俄耳特洛斯说道。

他的提议可出乎了我的意料。

“我需要一个人静静……我只是出去散个步，稍后就回来。”

弟弟垂下了两个脑袋，仿佛受到了我的责骂。我只是想保护他，毕竟我要去的地方可能危机四伏。与此同时，我的念头开始旋转起来——当然仍是三重的，和刚才一样。

“一切都会平安无事。”我的第一个脑袋自言自语道。

“我长大了，”第二个脑袋提醒道，“我

有权出去闯荡！”

“妈妈会担心的，还是回去吧。”第三个脑袋表示反对。

回去？没门！我长大了。我的一个脑袋是这么认为的，它说得有道理。

现在是傍晚时分，我朝着夕阳走去。我知道它指向西方，正是哈得斯奉宙斯之命前往的地区。我原本以为只需走几步路就能到达那里，可夜幕降临了。一切都让我惊叹：我小心翼翼绕过了麦田和俯瞰城市的神庙，高耸的群山和清凉的河谷……我在矮树丛里蜷缩成一团，就这么睡着了。第二天，我的三个脑袋在一条小溪里大口地喝完水，空着肚子继续上路。一只突然出现的小野兔稍微缓解了我的饥饿感。我走在小路上，在山谷中穿行；我绕过一座火山，接着爬上另一座山。日子一天天过去。要是我搞错了怎么办？周围没什么特别的，没有圣地，也没有地狱。旅行让我筋疲力尽。我还想到了我的家人，我离开的这些日子，他们一定担心坏了。事实上，我什么都没告诉他们就离开了，没想到路途会这么漫长，所以事先没有任何计划……

突然间，我看到了一个山洞，就像一张张开的大嘴，洞里发出某些声音。这里是熊的老窝，还是狼的巢穴？我顶风走过去——这样我身上狗的气味就不会被闻到——我可不想被吃掉。

到了洞口，我停了下来。我用三个狗鼻子朝着空气嗅了嗅：没有任何野兽的气味。一个声音响起，它在说什么？为了听得更清楚，我走进黑暗的洞穴。啊，我听到了一段对话……

“你负责把灵魂引向冥界，卡戎。”一个低沉的声音说道——我听出这是哈得斯的声音。

“如果我拒绝呢？”一个颤抖的声音低声回答。

“如果你……什么，卡戎？”哈得斯质问道。

“没什么，没什么……我就只有这条小船，能把灵魂从阿刻戎河的一边运到另一边吗？”

“阿刻戎河？”一定是一条地下河，我心想。

我的眼睛已经适应了黑暗，现在可以依稀辨认出一个老人和一个长着卷发的大胡子神的轮廓。

“没错。”

“无论如何，让我划船？这可不行。谁来付给我钱？”

“好吧……灵魂会划船，你只负责掌舵就行。亡灵会给你一枚硬币作为酬劳，他们被埋葬的时候必须带上这笔买路钱。”

“好吧……既然我还有的选择……”老头打趣说。

我走近仔细一看：卡戎手持一根长杆划船，他的样子和声音一样不讨人喜欢：布满皱纹的脸被长长的胡须吞没，眼神冷酷无情……我听到外面有动静，就赶紧退后，刚好有时间蜷缩在黑暗墙壁的一侧。就在此时，我眼前出现了一个奇怪的队列！只见一位穿着插翼凉鞋的年轻神灵从一群半透明的人类身边飘过。我意识到这些都是死者的灵魂，而赫耳墨斯——我的父母跟我讲述过许多神灵的故事，自然也提到过他——正在把这些亡灵带到新建的地狱！我浑身的狗毛都竖起来了。呃，这些一言不发、朦朦胧胧的家伙让我不寒而栗！我突然回想起和俄耳特洛斯的嬉戏，回想起我们的撕咬取乐，我产生了一种强烈的渴望，想回家和家人们待在一起。

我得走了，我想走，这里有危险。是什么危险，我说不上来，可我能感觉到气氛凝重，每过去一秒，我的心就揪紧几分。

亡魂们纷纷落入冥界，最后一个刚刚过去，路上空旷了起来。我离开墙，转身离开，朝着光，朝着生命。

我才迈出几步，就听到哈得斯的声音

在我身边响起:“你是谁?”

他在跟我说话?他在哪儿?我怎么看不到他?

一顶头盔像变戏法一样升到空中,它的佩戴者突然出现在我眼前。

“独眼巨人送的这款玩具真够实用的,能让人隐形,我喜欢!”

他在跟我说话,对着我。他盯着我看,专注得令人受不了。

“你,你长着三个头,尾巴末端像蝎子一样有刺,我用得着你。”他宣布道,同时挡住了我的路。

哦,不。

我想要离开,我可不想引起冥王的兴趣。

第三章
圈套

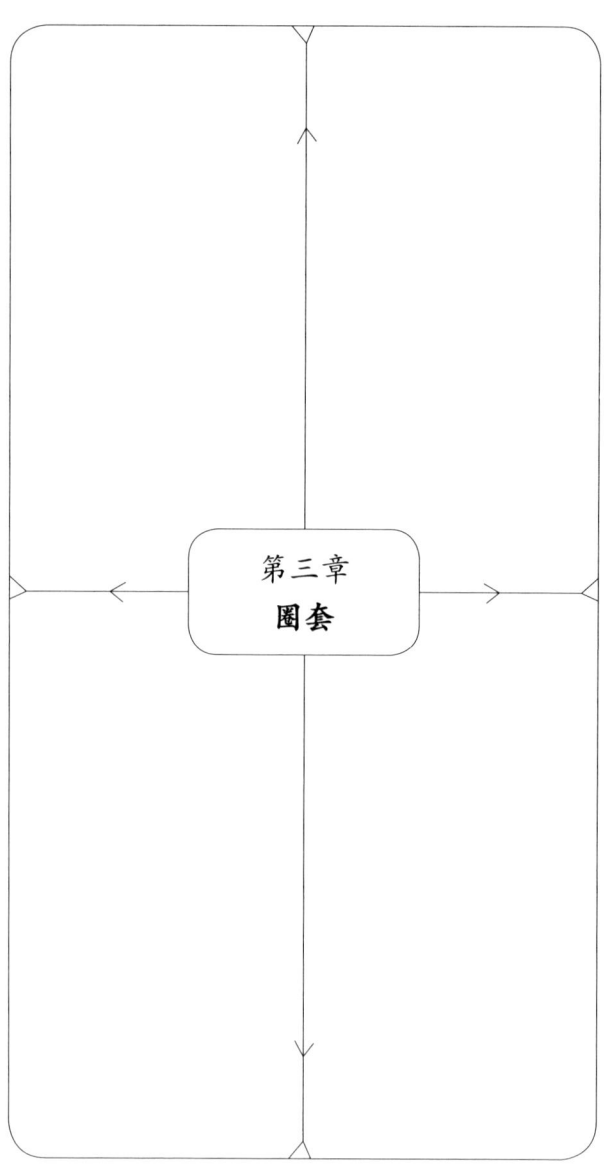

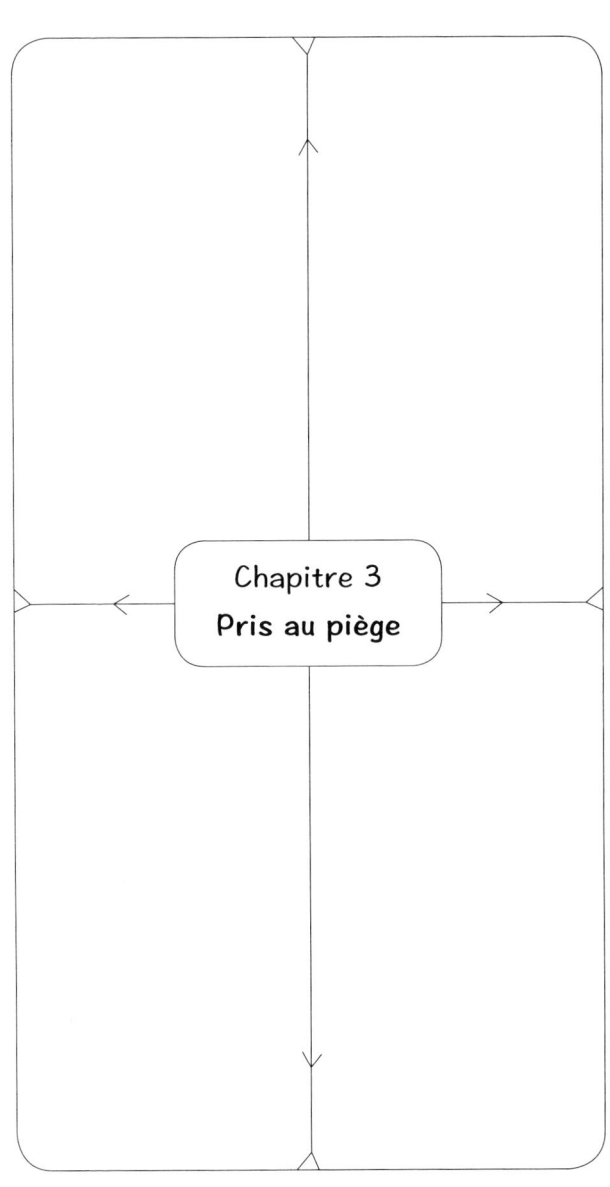

Chapitre 3
Pris au piège

在这个通向地下王国的洞穴里，四周半明半暗，隐隐约约可以看到哈得斯站在离我很近的地方。他微笑着仔细打量我，我想这正是让我害怕的地方。我张开三张嘴巴，露出里面的獠牙，全身皮毛竖立起来，让自己看起来更强壮。我那末端长有致命毒刺的尾巴，正在愤怒地扭动着。

冥王看着我，就像看着市场摊子上的水果一样。

他自言自语起来："这狗长得挺有意思，三个可怕的脑袋，一具肌肉发达的身体……这模样几乎吓到我了……不知道能不能……"

"我……我要回家了……"

这微弱的声音是从我的第三张嘴里发出来的。这个脑袋总是胆小怕事，此刻却成为我的主宰。我被眼前这个可怕的神灵吓瘫了。

他站在我和洞口之间，就像跟孩子说话那样对我说道："你哪儿都不能去。"

各种思绪在我的三个脑子中狂奔乱撞，随后像泡沫一样一个个破灭。

"他会做一些我讨厌的事情……"

"我咬他一口，然后撒腿就跑！"

"我要回家！"

我试着转到哈得斯的右侧，可他一步就挡住了我的去路；我想要绕到左边，他故伎重施。

我禁不住发作了："你到底想要什么？"

"你。"他直截了当地回答道。

"可为什么？你已经有卡戎了，还有赫耳墨斯给你带来死去的灵魂……"

他反对道："你说得没错，可我还需要一个看门的。在我注意到你之前，我并没有想到这一点。可总得有一个看家护院的……"

我仔细打量他，他在开玩笑吗？

"没人愿意进入你的王国……"

他又笑了起来，对我说："那可不一定。再说了，我面临着两个问题：首先，洞口既是入口，也是出口。可亡魂是绝对不能逃出冥界的，严禁他们回到人间，否则……"

"会怎样？"

"想象一下，你心爱之人死了。要是你的胆子足够大，说不定就会跑来这里找她了。"

我想起了我的父母，我的兄弟姐妹。也许是吧。

"那就对了。生者不入冥界——这是明令禁止的，所以我有充分的理由找来一个优秀的地狱守护者……"

一想到要被困在这鬼地方很长很长时间……我整个人都不好了。

我回嘴说："那我有充分的理由拒绝这个提议，尊敬的冥界之神。"

"尊敬的冥界之神"，我强迫自己表达出对他的尊重，我真佩服自己。正如我的父母所说的那样，没必要对比自己厉害的人发火！

假如哈得斯稍稍懂得尊重别人，我就能离开这里，回到自己家，生活重回正轨。因此，当他再次开口说话时，我满怀希望。

"好吧。既然你不想成为这个王国的尊贵守护者，我给你另一条路来选。"

"哦？"

"那就是死路一条。一旦你死了，就能在地狱里常住了。啊，忘了跟你说了：那些胆敢违抗神灵的人会在地狱最底层一个叫作塔耳塔洛斯的地方受到惩罚……你在那里可就不这么自在了。不过，一切都取决于你。"

取决于我！

好吧，得了，他说的好像把选择权留给了我一样。

为了尽量争取时间，我不得不两害相权取其轻，我问道："谁会和我一起住在塔耳塔洛斯？"

哈得斯若有所思地捋了捋胡子，对我咧开嘴一笑："我看看……坦塔罗斯就在那里。他泄露天机，差点害我们吃了人肉……总之，他是一个坏蛋，所以注定得永远留在这里。他的身体被浸没在水中，头顶上方挂着一根结满果实的树枝……"

"至少他还可以洗澡、喝水和吃饭，情况还不算太糟糕。"我第一个脑袋满怀欣慰地想。

第二个脑袋则对我说："那棵树上一定结满毒果子，没错的！"

第三个脑袋窃窃私语："他在唬你呢。"

哈得斯看着我，眼中闪过一丝快意，开口问我："怎么样？面对这样的命运，是不是有些心动？"

"这场景里是不是还缺了点什么？"

“机灵鬼！你说得没错。当他弯腰喝水时，水位就会下降，他永远都够不着；他若想抓个水果充饥，就会狂风大作，将树枝吹得他够不着。”

哼……还真会折磨人！这倒提醒了我，我空荡荡的肚子急需食物，里面发出藏不住的咕咕声。

冥王看着我说道：“你饿了。”

“没错。”

“跟我来，我给你吃的。”

我跟随他的脚步前行。我原本想装作若无其事，但三张嘴里直流口水。好吃的就在眼前，可万一这是一个陷阱呢？哈得斯已经朝着山洞深处走远了。一股诱人的香气扑面而来，这让我怎么忍得住？于是，我紧紧跟上他，越过了地狱的边界。阿刻戎河河畔正在举行一场盛宴：餐桌上摆满了烤野兔和野猪腰肉。赶紧的！此时不吃，更待何时？咬碎骨头，畅饮肉汁，狼吞虎咽，再来份加餐。光我一个就能吞下三份，你们能想象吗？我食量大着呢。

我坐了下来。真好吃！我的头有点晕，我是怎么来这儿的？

哈得斯走近我，用胜利者的语调向我宣布："我可能忘了警告你……谁要是吃了地狱里的东西，那么无论生死，他都永远无法离开。"

一阵震动穿过我的全身。我冲向洞口，洞口就在眼前。只要再跳几下，我就能出去，沐浴在阳光或大雨之中——随便怎样吧！——只要能出去，怎样都好！

砰——

我撞到了一堵看不见的墙，透明的，根本没法越过它。

哈得斯趁我头晕目眩的时候，在我的每个脖子上都挂上了一个冰凉的物件——项圈。他在上面系了一条链子，链子的另一端被固定在这鬼地方的渗水墙上。

"现在，你就待在那儿。"他向我宣布。

他真滑稽，不然我还能怎么办？！

他就这么走了。

留下我一个。

我中了圈套。

第四章
生者不入冥界

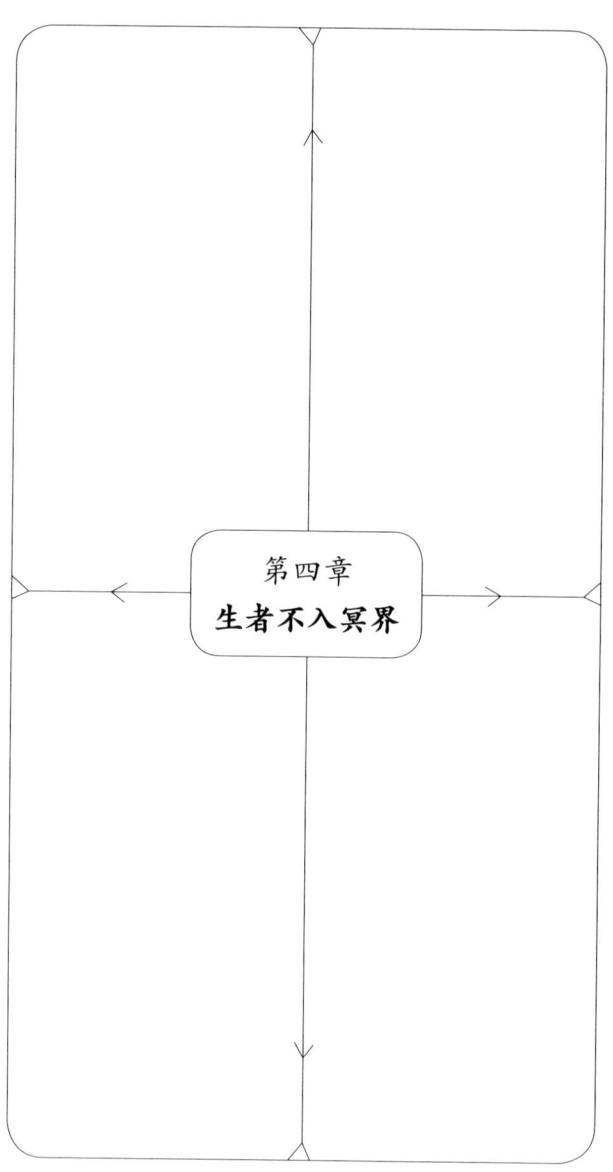

Chapitre 4
Les vivants n'entrent pas aux Enfers

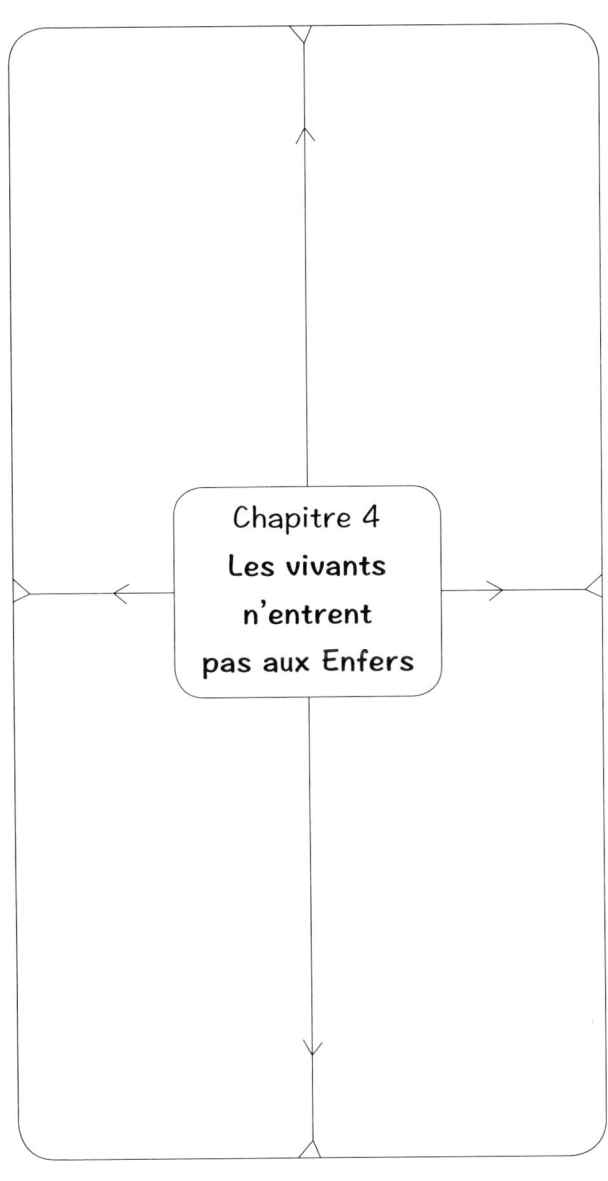

一天过去了，两天过去了……自从被囚禁在这山洞里，我留心数着太阳在天空中的轨迹。已经出现了三次，就像我的脑袋一样正好是三个；接着是第四次，和我狗腿的数量一样多……再接下来，我就数不清了。有时我醒来时，会发现身边有一碗水和几根骨头，可总是不够让我吃饱。我在这地方唯一一次饱餐的盛宴离我太远了！关于这场盛宴的记忆是苦涩的。我宁可慢慢饿死，也不愿再一次中这种圈套。不管怎样，现在再怎么懊恼都为时已晚。

几乎每时每刻都有新的灵魂进入冥界：先是一个面带愁容的年轻人，接着是一个笑起来满脸皱纹的老妇人，还有一个看似迷路的男人……我看到他们一个个走过去，可我对他们根本不感兴趣。他们看到我都远远地绕道而行，好像我要扑上去咬住它们透明的小腿似的！至于赫耳墨斯，他带这些亡魂来到这里，然后独自折返。他每次经过时都会避开我的目光——我是吓到他了，还是说他对我心生怜悯？莫非他在赶时间？这个想走就走的幸运儿！

我的梦境里总是出现我与双头犬俄耳特洛斯、勒奈亚海蛇和涅墨亚狮子玩耍的场景。我的兄弟姐妹的形象在我心中神气活现！有时候，我似乎都可以触摸到他们，听到他们说话，继续我们无休无止地吵嘴。我脑海中浮现出狮子兄弟锐利的目光。尽管更多时候我是同生来和我一样长着狗头的双头犬俄耳特洛斯一起嬉闹，可我总是忘不了狮子：我知道只要我遇到麻烦，狮子就一定会冲过来帮我。我的父母同样在我心头永驻。几乎每天晚上，母亲都进入我的梦，与我讲话，可我醒来的时候，就会把她说的话忘光；父亲总是凶狠地瞪着我，仿佛在责备我好奇心太重，以至于倒了大霉。假如他们知道我在哪里，却无法改变任何事情怎么办？假如他们在夜里向我发出无力的爱的讯息，可谁让他们家的捣蛋鬼自以为比神灵更机灵呢？还是说，一切都只是我心底最深切的愿望？说到底，我还是在睡觉的时候更开心些！起码可以远离改变我人生的噩梦。

我有时会哭泣，因为肚子饿得慌、每天都在为日子无聊、失去自由和远在天边的家人而哭泣。晒太阳、在希腊的草地上打滚、追逐野兔……这些乐趣多么遥不可及！我的家人可还好吗？

他们不是肉体凡胎，因此他们的灵魂永远不会来到冥界，不是吗？这么说来，我再也见不到他们了吗？我如何知道他们是否还活着？

一群乌鸦经常落在洞穴附近的一棵树上休息。为了听清楚它们的谈话，我拖着锁住我的链条，走过去仔细听。

我听得懂它们的语言。它们在谈论天气，讨论在哪里可以找到最好的种子。它们叽叽喳喳地播报着奥林匹斯山和尘世的最新消息。有时从它们口中飘出几个名字，我就竖起耳朵仔细听。赫拉克勒斯的名字经常出现。看起来，这是位半神，天后赫拉深以为恨，谁让他是赫拉的丈夫宙斯与凡人生的儿子呢。

只听乌鸦们聒噪着开始议论：“赫拉惩罚赫拉克勒斯，逼他服从表兄欧律斯透斯的命令。”

“是的，我们都知道！欧律斯透斯一声令下，赫拉克勒斯这不幸的家伙就得去完成12项几乎不可能完成的任务。”

“就是出于这个原因，他跑去打败了一头巨大的狮子……”

“一条长着很多头的蛇……”

“几只身披金属羽毛的鸟……”

“他的穿着打扮似乎很奇怪。”

“我听说他要往这边来。”

“难道说，赫拉克勒斯是为了接近冥界而故意死去的？”

“我不这么认为……我想是为了完成他的另一项功绩吧！”

一头巨大的狮子？一条长着很多头的蛇？只要不是我兄弟姐妹就行……我

无法忍受这个想法，于是便打消了这个念头。这些乌鸦整天叽叽喳喳闲聊，只知道传播八卦，编造故事出来好站着睡个好觉。它们不敢靠近戏弄我，只能畏首畏尾：它们知道我被锁住了，拿它们没办法。要不是这样，我早就一口吞掉它们，就连乌鸦嘴巴和羽毛都不放过！我好饿，真的好饿……

乌鸦们已经失踪好几天了。没了这些家伙，我感到更孤独了——再没谁来和我说话了。亡灵的影子打我面前结队而过，始终一言不发；哈得斯或卡戎有时会给我一些剩菜，让我好苟延残喘地活下去，他们同样一言不发。就因为我来错了时候，就这么成了这里的囚徒……我的心情不断低沉下去，我每走一步都忍不住哭嚎起来。

只要有活人敢靠近这里，他就等着瞧吧！这些家伙只要还没疯，肯定是不会来的。有时我看到远处有人在乡间绕了很远的路，只为远远地躲开我的洞穴。任何灵魂到了冥界，都是有去无回的。

有一天——具体什么时候，我也说不上来，我早已失去了对时间的概念。我瞥见橄榄树间有一个高大的身影，前面走着的是赫耳墨斯。那未知的影子越来越近。奇怪，他似乎还活着。不会有人心甘情愿来这里的。他更近了。我站了起来，六只耳朵朝前，全面戒备。这人长得很高大，穿着很奇怪。他好像穿着……好像是……哦不……他身上披着一张狮子皮。狮子的前腿耷拉在他强壮的胸膛上。狮子头像头饰一样悬挂在他身上——哦，这狮子头上还长着一圈金色的鬃毛……我认出来了，我认出了那双被死亡夺走性命的大眼睛。这专注的目光属于涅墨亚狮子！这大汉居然敢把狮子的毛皮当作战利品穿在身上！

眼看着他走得够近了，我忍不住叫嚷起来:“你是谁？”

他两眼瞪着我，怒吼道:“大家都叫我赫拉克勒斯。来吧，看来你没听说过我的功绩。莫非你是塞伯拉斯？”

我变得这么出名了？莫非是我的狮子兄弟在临死前把我的事情都告诉他了？

“是的，塞伯拉斯在此。而你胆敢穿在身上的那张狮子皮，正是我的兄弟。”

他坚毅的脸上流露出惊喜，他喃喃说道:“我怎么会知道？你们俩看起来一点都不像。”

我发疯似的哭喊起来:“那有什么关系？”

他回过神来继续说道:“的确，那有什么关系。他的威力通过他的尸体传到我体内。我表兄命我去挑战各种猛兽怪物，我需要狮子的力量来打败它们。”

狮子死了。狮子死了？他的尸体就在我眼前，可我不相信。不可能！这不可能是真的！是那个人杀了他吗？他怎么敢？

为了止住自己的眼泪，我狠狠地挑衅他：“那你在这里做什么？是来找死的吗？我很乐意把你一口吞了，过来！”

他发出一阵冷笑，身子开始抖动：“有点小误会，我来这里是因为我得……我得向哈得斯求个情。”

“生者不入冥界。”

“我当然知道，我会考虑一下这个问题的，我们很快就会再见面的。”

很快？这是什么意思？他为什么这么说？

第五章
身不由己

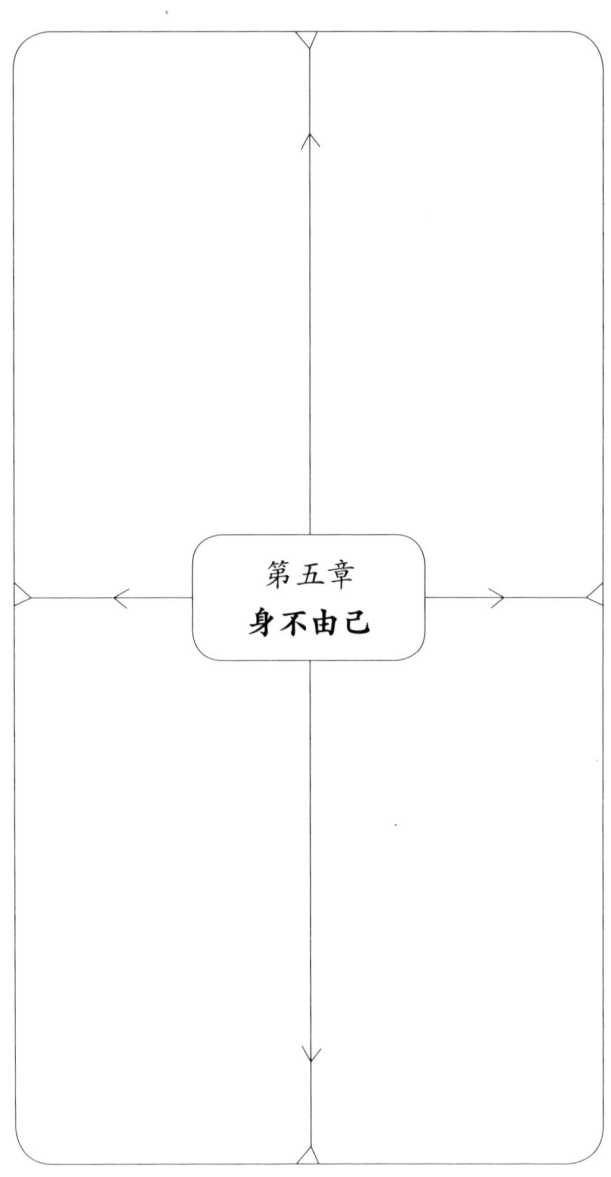

Chapitre 5
Malgré moi

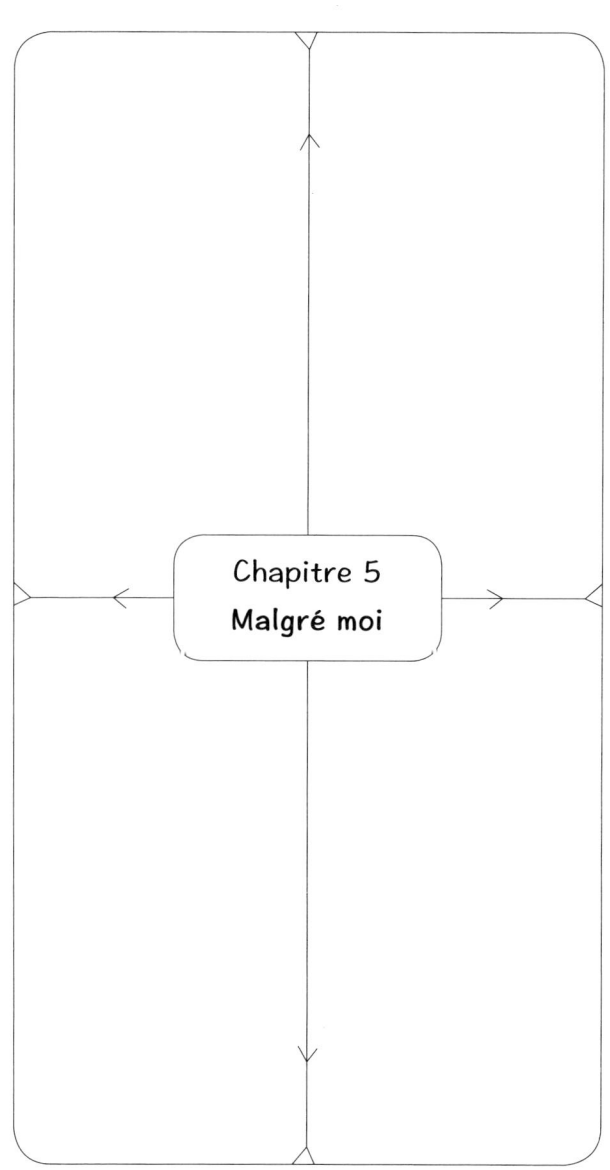

今天早上，乌鸦们都飞回来了。

它们聒噪着说："赫拉克勒斯进入冥界啦！"

他是怎么做到的呢？一定是趁我睡觉的时候溜进来的，只有这个可能性了……可为什么没人阻止他？

乌鸦们继续说道："似乎他有话对哈得斯说。真是疯子！他明明活得好好的，却敢跑来这里和冥王对着干！"

"还有更糟糕的呢！是赫耳墨斯给他带的路。我一早就告诉过你们，有人在庇护着他。"

"是谁在庇护着他呢？是哪个神灵？"

"我看到他和一个女神在一起……"

"她是不是手拿盾牌，还有长矛？"

"好像是的……"

"那就是雅典娜了。这不奇怪。"

"为什么呢？"

"她曾经帮助赫拉克勒斯和我们可怜的朋友斯廷法罗斯湖怪鸟打过一架。她向来喜欢支持英雄。"

“有可能。”

“我们去找点东西吃吧？”

它们一溜烟飞走了。

赫拉克勒斯下冥界，我并不在乎。要是他能待在那里就好了！他杀了我的狮子兄弟，兴许还杀了我的妹妹……那些乌鸦不是提到过一条长着好多脑袋的大蛇吗？万一她就是勒奈亚海蛇怎么办？我妹妹很厉害，可既然这巨人能打败狮子，他就有可能打败一切猛兽。

饥饿、悲伤和无聊袭来，我的双眼开始模糊。等待我的会是什么？我几乎忘记了过去那些自由自在的日子。这种自由当时在我眼里是如此稀松平常！我根本没意识到自由是一笔宝贵的财富，是生命中的一颗明珠。

今早黎明时分，一阵脚步声把我吵醒了。它来自深不见底的地下。有人从冥界出来了！是有亡魂想要逃跑吗？他们甚至有好几个，因为我听到了热烈的讨论，话音在石墙上回荡：

“赫拉克勒斯，这么说来，哈得斯同意了……”

“是的，赫耳墨斯，但他也附加了许多条件……他以为加上这些条件，我就一定不会成功。他错了。谢谢你在这些羊肠小道上给我指路！我要是指望那个脾气暴躁的卡戎，肯定早在找到出口前就转身了！”

旅行者之神发出清脆的笑声，宛如欢乐的灵光在黑暗中一闪。

“不用谢我，是宙斯让我们照看着你。”

“我们？”

“雅典娜和我。赫拉想要你死，你得有盟友帮忙！对了，跟我详细说说你提到的那些条件。”

“哈得斯同意我带走……你认识的一个人。但我无权使用任何武器来对抗他。我只能赤手空拳作战。”

“也就是说，用打败狮子一样的方法。”

“没错。”

我顿时警觉起来。“你认识的一个人”？这是在打什么哑谜？环顾四周，只有我和乌鸦。赫拉克勒斯似乎在谈论什么人。我并不傻，可始终难以相信他说的话。

“他要带我走吗？”我的第一个脑袋寻思着。

“那可不行！”第二个脑袋叫起来。

“他想干吗呢？是为了追捕又一个猎物吗……”第三个脑袋补充道。

脑袋里生出好多疑问，可就是没有答案。

我站起身来。我得站得稳稳当当的，等着他来，以防万一。他要是对我出手，我至少不会被吓一跳！

他来了。在冥界之口黑漆漆的阴影中，那巨大的轮廓显得格外醒目。我猜想，赫耳墨斯定是站在一旁。

他停了下来，看着我。

“你是我的。”他直截了当地宣布。

我听糊涂了：“你想要我怎样？”

“如果我孤身一人……实际上我什么都不要。可因为赫拉的关系，我的表兄欧律斯透斯指派给我12项不可能完成的功绩。我每次都获胜，把他气疯了。这个胆小鬼，只知道坐在宫殿里等着我，指望我永远不要出现。我已经成功完成了10项功绩。这一回，他要我带你去见他！还得是活的！我说服了你的主人，让我和你比画比画……”

“赤手空拳，不带武器。”

“你是怎么知道的？没错，除了我这两只手，不用任何武器。”他边说边张开他硕大的手指，展示手臂上的肌肉。

我站起来，向他发起挑战：“来吧，只要你敢！”

他敢这么做？只见他飞身一跃，扑到我身上，同时掐住了我的两根脖子，掐得紧紧的！我的视线开始模糊。我不会坐以待毙的，为了给我兄弟报仇，为了保住我自己的性命，我试着张开三张嘴咬他。我扭动着身躯，将尾巴末端的螯针朝着他甩过去。我想尽办法蜇他，一次又一次。可每次他都往后闪躲，又回过头来攻击我。他掐得如此用力，我终于昏了过去。

当我醒来时，双眼还闭着。我感到一阵温暖正从我瘦削的脊椎上拂过。没错！是太阳，一定是太阳。我感到恶心，胃里翻江倒海。我是在船上吗？还有我的腿……它们被什么东西绑住了，站不起来。我决定睁开眼看看。

诸神在上。

我感到丢脸。

赫拉克勒斯把我像个包裹一样扛在肩膀上。他一只手抓住我的后腿，另一只手抓住我的前腿。我的六只眼睛睁得大大的，眼瞧着树梢、走在前面的雅典娜和赫耳墨斯的轮廓一晃而过，还有背着我的巨人的宽阔肩膀。我一下子明白了：我正躺在狮子兄弟的毛皮上呢！我又一次昏了过去。

我醒来时已是日暮时分。篝火上正烤着一头鹿，散发出阵阵香气。赫拉克勒斯一言不发，把两块鹿肉放在我面前。我好饿啊！可是……让我吃杀我兄弟的凶手亲手烤的东西？而且还是那个不用武器就打败我的人？我忍住了。没过多久，我再也忍受不了了，就狼吞虎咽地吃了起来，一块小骨头都不留。这下我吃饱了。这是哈得斯用锁链锁住我以来的第一顿饱餐。

第二天，赫拉克勒斯向我提议：“如果你愿意，你可以下地步行，我只用链子拴着你。你保证不攻击我就行。”

“用链子拴着？多丢人……”我的第一个脑袋想。

“这可能是一个千载难逢的逃跑机会……”第二个脑袋建议。

“妈妈，我要回家！”第三个脑袋开始呻吟。

我想伸伸腿，不想再被当作包裹扛着了，更别说躺在我兄弟的毛皮上。

只听我的第二个脑袋清楚地回答:“同意。”

我就这样再次踏上了希腊的土地。我闻着树叶的气息，观察燕子南飞、浮云变幻……伸开腿的感觉真好。

这天，我们抵达了阿耳戈利斯的迈锡尼。我们越过坚固的城墙，城里的居民在我眼前四散而逃。

我们走进欧律斯透斯庞大的宫殿，眼瞧着赫耳墨斯和雅典娜突然不见了踪影。想必他们的任务已经完成了，我将在这里被交给订购人。

“表兄，你在哪里？”赫拉克勒斯说起话来就像打雷。

“这……这里……”一个结结巴巴的声音传来。

一个纤细的身影消失在宽阔的王座上。

“什么……那是什么？”

“你要的东西，地狱守护者，塞伯拉斯。”

为了逗趣，我的三张嘴都叫了起来。这个城邦的国王吓得一跃而起，如同一支穿云箭一般，窜进了一个大坛子里。

坛子里面传出他颤抖的声音：“把……把那个怪物带回……你找到他的地方，马上！”

我，怪物？开什么玩笑？！

杀害我兄弟的凶手不仅打败了我，还拿我取笑。不过这么久以来，我第一次感受到自己还活着……

“如果那是你的愿望，我只能遵命，表兄。”赫拉克勒斯强忍着笑声回答。

“是的，这就是我的愿望，”坛子里的人咕哝着说，“赶快把它带走吧！”

我已不记得回来的路是什么样子的了。我筋疲力尽，生无可恋。我根本不愿回到那座牢笼，在那里还能有什么好事等着我？不过是身不由己地再次成为冥界守护者罢了。

第六章

欧律狄刻与俄耳甫斯

Chapitre 6

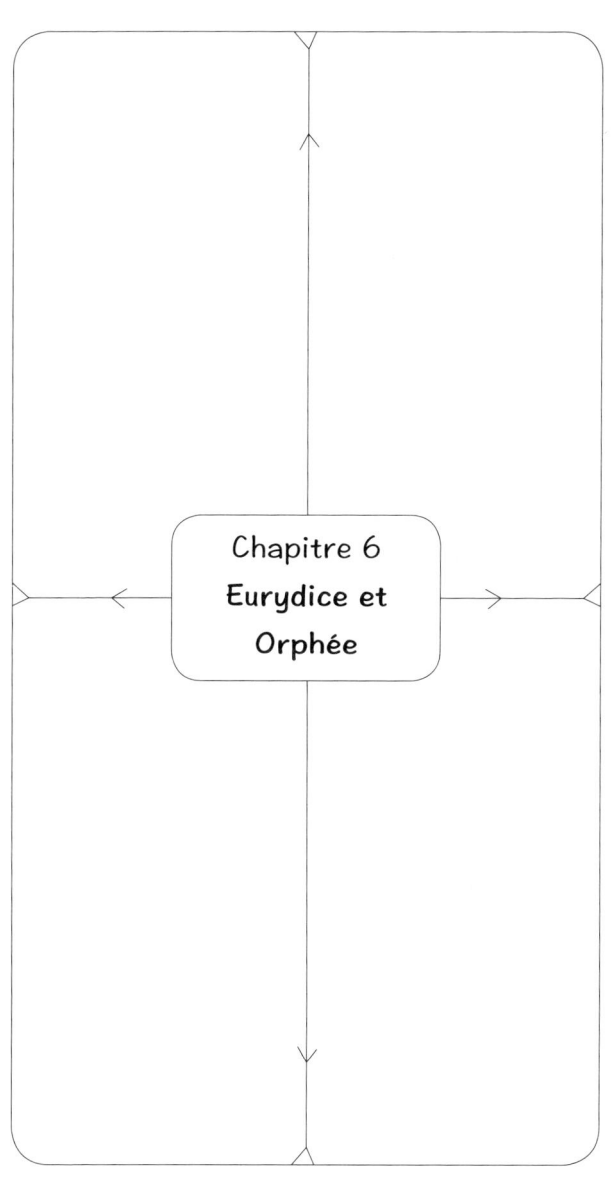

Eurydice et Orphée

就这样，我回到了原来的鬼地方，又被锁上了。这边无聊得要死，一切都笼罩在灰色的阴霾之中，我怎样说你们才能明白呢?

怎样向你们形容那种撕咬着我的胃并阻止我思考的饥饿感？哦，他们总是在我睡觉的时候给我送水，还有一些剩饭剩菜，可这些都不够活命的。

骨瘦如柴，满心怨恨——这就是我现在的样子。可是……有一天，哈得斯在我面前经过，可能是为了重返大地，或者是回到奥林匹斯山！我一定不能错过这个机会!

“哈得斯……”

他停下脚步，转过身，冷冷地看着我：“什么事？”

“我在这里快要死了。”

“恰恰相反，你还活得好好的，你有什么好抱怨的？”

“我快要死于寒冷、无聊、饥饿……还有恐惧了。”我低声说道。

“我可以杀了你，并且把你丢进冥界最底层塔耳塔洛斯，谁让你胆敢顶撞我。”

“不如放了我吧，看在我忠心为你效劳的份上。”

他笑了起来：“那是因为当时你别无选择。即便是现在，你同样别无选择，你就不该去碰我为你准备的盛宴。是你咎由自取……谁让你放那个名叫赫拉克勒斯的活人来我家？”

我闭上嘴不说话了。他离开了，始终来去自由。

我的心碎了。

接下来的日子千篇一律。我每天朝着一个方向走三步，再向另一个方向走三步，我拉拉锁链，看看它是否还牢固；第二天周而复始。这就是狗过的日子。

“不要慌，你还活着呢。”我的一个脑袋鼓励我。

“使劲叫出来，把人叫来，至少暂时能派上用场。”第二个脑袋自有主张。

“你最好听天由命。”第三个脑袋说道。

我内心最响亮的两个声音告诉我：要么振作起来，要么永远退缩。

自打我来到这里，一排排的亡灵从我眼前经过，从未停歇。我几乎从没注意过他们，我常常沉浸在对童年的追忆之中。可今天早上，一个和其他亡灵一样透明的瘦弱身影引起了我的注意：一位苗条的年轻女子踏着舞步穿过洞穴。她那高昂的头颅、求救的眼神，她的一切都打动了我的心。更何况，我感到十分孤独……再说了，他们并没有禁止我与死者交谈。她从我身边经过，其他人则绕了一大圈，离我远远的，好像我会伤害他们似的……他们已经不是血肉之躯，就只剩一股“气息”了，还有什么可咬的呢？

我叫住她：“喂，姑娘！”

她把头转向我，满脸泪痕。我真想舔掉她滚落在脸颊上的两行清泪。

"怎么了？"

"你年纪轻轻，为什么来这里？"

她叹了口气说道："一条蛇咬了我的脚后跟。一条毒蛇。"

"你人生中有什么牵挂？"

她惊讶地看着我："我牵挂什么？我忘不了在草地上自由自在地奔跑，忘不了我的橡树朋友们，还有露滴如珠时和宁芙仙女们玩耍的日子。"

我对她的话感同身受！我多想在大地上自由自在地奔跑，跑到精疲力尽为止！

她继续说道："更忘不了……"

话音未落，她已哭成了泪人。

我温柔地追问道："更忘不了……什么？"

"我的爱人，俄耳甫斯。我们新婚燕尔，我就这么死了！"

"我明白了……"

她看着我，轻声说道："你不会明白的，你又不认识他。他的音乐是天籁之音。"

我不再答话了，多说有什么用呢？每个女人都觉得自己的丈夫举世无双。

这位陌生女子朝着卡戎的船，渐渐走远了。而我则回到我可以活动的狭窄空间里继续来回转悠。

第二天，我突然听到远处传来曼妙的乐音。我心中顿时充满了幸福感，树林、草木、鸟儿和童年历历在目。一段悲伤而深沉的歌声伴着竖琴的和弦响起，令我欲罢不能。有时歌声和乐声戛然停止，我的心就突然一抽，痛苦难耐。不要停呀，我还想听！

此时此刻，就连乌鸦都沉默了，世间万物都随着乐手的旋律而暂停。

歌声和乐声越来越近。难道死人还会唱歌？

朝我走来的是个年轻人，看起来生龙活虎。他身后跟着一群奇怪的随从：有鸟儿、狮子、两匹狼、一群山羊、几堆跳跃的石头……

他问我:“你看到欧律狄刻了吗?”

“我不知道。我才不管呢。我只想听你奏乐。”

他追问道:“你看到欧律狄刻了吗? 一个被毒蛇咬伤的年轻女子。”

这么巧吗?! 不就是那个向我吹嘘自己丈夫俄耳甫斯才华无双的年轻女子嘛……

年轻人定是从我的反应中看出了蛛丝马迹,开口要求:“带我去找她。”

我痛苦地回答:“我被锁住了,怎么帮你呢? 再说了,活人不入冥界。”

“假如你要听他的天籁之音,就照他说的去做!”我的第二个脑袋发出无声的呐喊。

俄耳甫斯微笑着拿起竖琴继续演奏。一阵乐声响起,我听到金属锵锵:锁住我的锁链仿佛中了魔法,从墙上掉了下来。

我要带着俄耳甫斯去见哈得斯。这是聆听他奏乐的唯一方式。

他的音乐是如此甜美和悲伤,我的心扉悄然开启。他歌唱欧律狄刻,他歌唱自已逝去的爱人，他希望再次见到她……他歌唱生死的交缠，天人从此两隔。

我们下到冥界，后面跟着他那群动物伙伴。话说回来，就连我都没去过冥界呢！

当我们走近卡戎时，那张满是皱纹的老脸顿时凝固了，原本一成不变的哭丧表情第一次变成了……微笑！他起初还有些犹豫，转眼就笑逐颜开。俄耳甫斯的音乐创造了这个奇迹：竖琴醉人的乐音能把黄连变成甘草呢。

卡戎带着俄耳甫斯和我，从河岸的这边摆渡到另一边，就像在梦游一样。他的眼睛凝视着音乐家。那群动物则留在岸上等我们回来——对冥河摆渡人不应要求太多。

接下来，我们穿过黑暗的土地。俄耳甫斯的乐声所到之处总能发生奇迹：坦塔罗斯嘴边的湖水忘记了退去，任由那受罚的罪人畅饮；在地狱最底层塔耳塔洛斯，西绪福斯滚上山坡的石头都停止不动，不再滚下山坡。

我们终于来到冥王哈得斯面前。我转身一看：无数灵魂跟在我们后面，被俄耳甫斯琴弦上奏出的音符迷得神魂颠倒。其中之一就是欧律狄刻！她眼中只有自己的爱人。而他可曾在这群密密麻麻的透明亡灵中看到了自己的妻子？

第七章

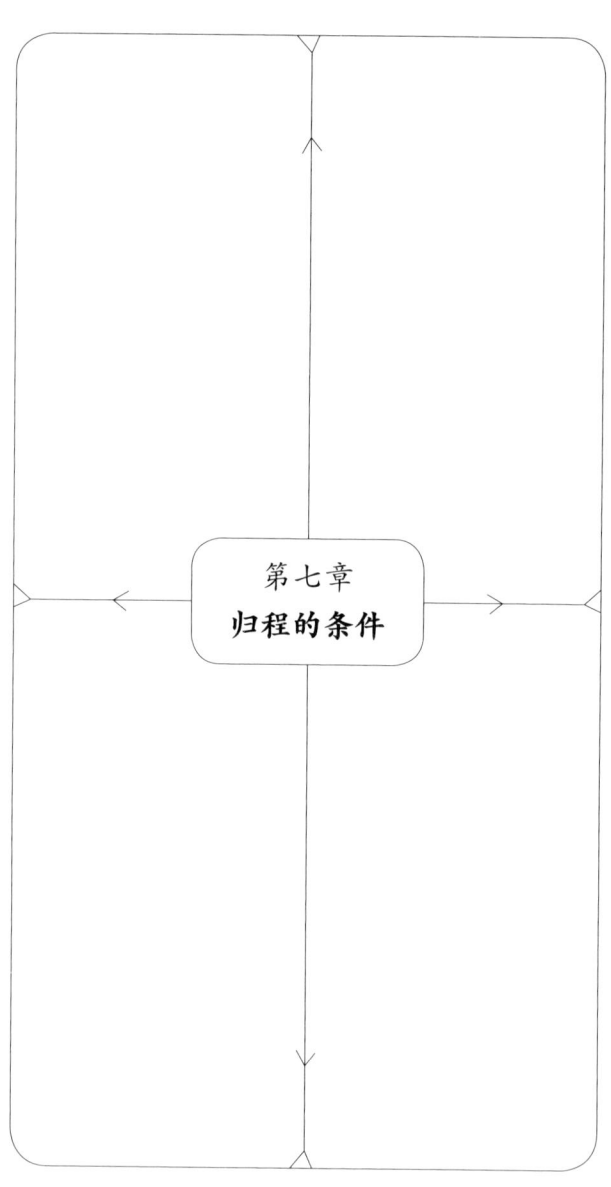

归程的条件

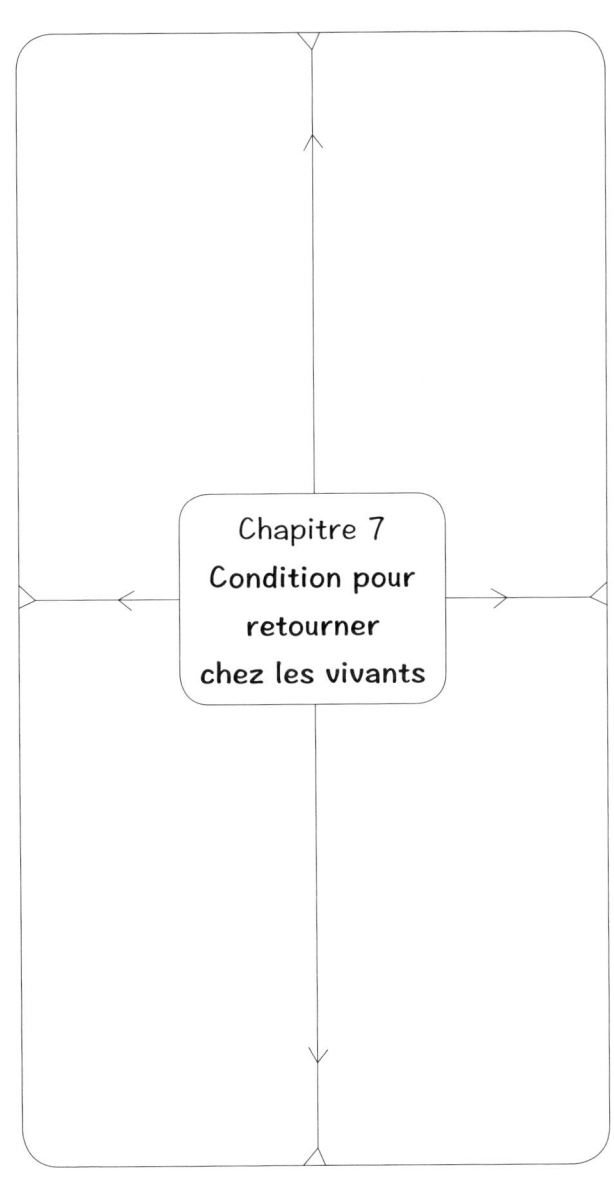

Chapitre 7
Condition pour retourner chez les vivants

一阵死寂袭来，试图把我们团团围住。可俄耳甫斯的歌声和竖琴的乐音刺破了这层想要吞没我们的死亡气氛。

我们离冥王和冥后越近，步子就越发艰难。我原本可以半途而废，可我离不开这些动人的音符。

我们终于来到两个宝座前。

其中一个宝座上坐着哈得斯。自从他把我困在洞穴里以后，我只见过他一次。我恨他也怕他。他瞪了我一眼，似乎在说：塞伯拉斯必须阻止活人进入冥界。

可俄耳甫斯却活生生地进来了，就像在他之前来过的赫拉克勒斯一样。

另一个宝座上坐着冥王的妻子珀塞福涅。

一个影子在我耳边窃窃私语：“她和你一样。她不小心在冥界吃了一颗石榴籽，从此就再也无法离开了。哦，不对，确切来说是部分时间。”

“这是什么意思？”

“宙斯允许她一年中有半年返回大地，好去陪伴她的母亲得墨忒耳。”

“你是怎么知道这些的？你究竟是谁？”

可这影子退到一堆亡魂中，消失不见了。不用说，这位生前喜欢嚼舌根！在这无聊长日，他借机打发时间呢……

我将注意力转移到冥王和冥后身上：他们的脸色没有之前那么严肃了。

也就是说，就算是最坚硬的心都能被俄耳甫斯的歌声打动！周围的气氛稍稍缓和了些，仿佛一层浓浓的雾气已经散去，我的身体也不再紧绷，慢慢松弛了下来。

诗人依旧心不在焉地在乐器上弹奏出几个音符。一个接着一个，清脆、纯净。他的目光落在欧律狄刻身上。他俩相视一笑，想要靠近对方。

哈得斯却拦住了俄耳甫斯：“欧律狄刻现在只是个透明的影子。假如你试图触摸她，你的手只会穿过去。她现在是一个没有躯体的灵魂。”

“没有她我活不下去！让我将她起死回生吧，带回人世间。我俩情投意合，永不分离……”

“这是被禁止的。”冥王回答道。

于是，俄耳甫斯继续唱起歌来。他为他的心上人演奏，仿佛世上只剩他们两个。他的歌声宛如夏日的早晨一样柔和，洋溢着阳光。我被征服了，不只是我。即使这位金嗓子不再看我们，我们依然听得到他的嗓音。

这一回，他不需要再次恳求冥王允许他带走自己的爱人。

哈得斯仿佛不由自主地低声说道：“好吧，我允许你把欧律狄刻带走，她跟着你一块回去。”

“谢谢……”

“别这么快谢我，我还有个条件。”

“什么条件？”俄耳甫斯问道。

“你不能在半路上回头看。”

“仅此而已？”

“对。现在就走吧。”

俄耳甫斯道谢后就转身走开，他竖琴的旋律表达出深深的喜悦。欧律狄刻跟着他。

其他灵魂在路上徘徊。我们三个走在通往地面的斜坡上，一起踏上了归程。

俄耳甫斯弹起竖琴。

欧律狄刻和其他亡魂一道，跟在他后面稍远处。这些灵魂轻如鹅毛，在空气中发出难以察觉的沙沙声。

很奇怪，这条路似乎比来时更长了……琴声时而悠扬，时而沉寂。多么安静！再也听不到任何声音，就好像我耳聋了一样。

“爱必将战胜一切，他俩会成功的。”我的第一个脑袋窃窃私语。

“冥王哈得斯绝不会让一个亡魂起死回生。”第二个脑袋指出，“要是所有的灵魂都想这么干，那岂不是乱套了。”

“还有我，我能跟着他们逃出去吗？我毕竟已经摆脱了锁链，而且我还活着，”第三个脑袋提议，“要是我能再见到我的母亲……我的父亲……”

我们已经看到远处的山洞，还有一角蓝天和一根树枝。

俄耳甫斯忍不住问我：“我的爱人还跟在后面吗？”

我还没来得及劝他安心，就看到他面露焦虑的可怕表情，忍不住转过身来。

"不！"我禁不住喊了出来。

可为时已晚。

欧律狄刻向俄耳甫斯伸出手，俄耳甫斯后退三步，想要抓住她。然而，这年轻女子的鬼魂朝着冥界深处沉了下去，转眼就不见了。

"一对可怜人……"我的第一个脑袋同情地说。

"我说得没错吧！"第二个脑袋得意扬扬。

"我们快跑吧！"第三个回答，"赶紧的！"

俄耳甫斯目不转睛地看着爱人永远消失的那条黑黢黢的小路。他不会有第二次机会了，他很明白这一点。一步之遥，只因一时怀疑，结果前功尽弃！他该是多么自责……哈得斯深知人性的弱点，他以此为筹码，拿回了那个美人的灵魂。

这位天才音乐家彻底崩溃了，而我却没时间同情他，我得赶紧自救。对我来说，这也是一个千载难逢的机会。

我全力冲向出口，再一次进入到洞穴里，我在此虚耗了生命中的许多时刻。我迈开腿想要逃跑……

可是，没空气了。我的三个喉咙被掐得紧紧的，喘不过气来，我没法再前进了。我心生疑窦，转身一看。

哦，不。

只见那条锁链又挂回墙上了。它刚才准是被俄耳甫斯的乐声迷住了，可只要乐手停止演奏，锁链就马上回归原位。

要是我帮他离开这里，他还会再次唱歌吗？

我永远都无法知道答案。

他低着头，拖着步子，从我面前走过，看都不看我一眼。

我躺了下来。

我只能留在这里，追忆着那天籁之音，那比半神死后所去的往生乐土还美妙的天籁之音。它曾给我的心灵带来了希望。或许有那么一天，哈得斯会放我走……

第八章

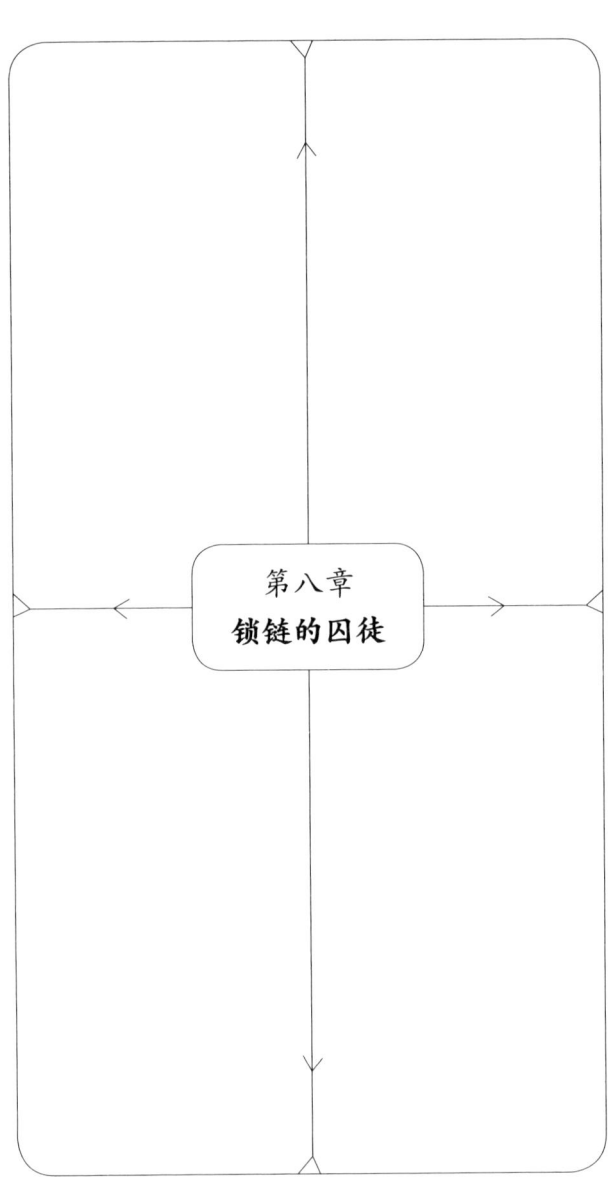

锁链的囚徒

Chapitre 8
Prisonnier enchaîné

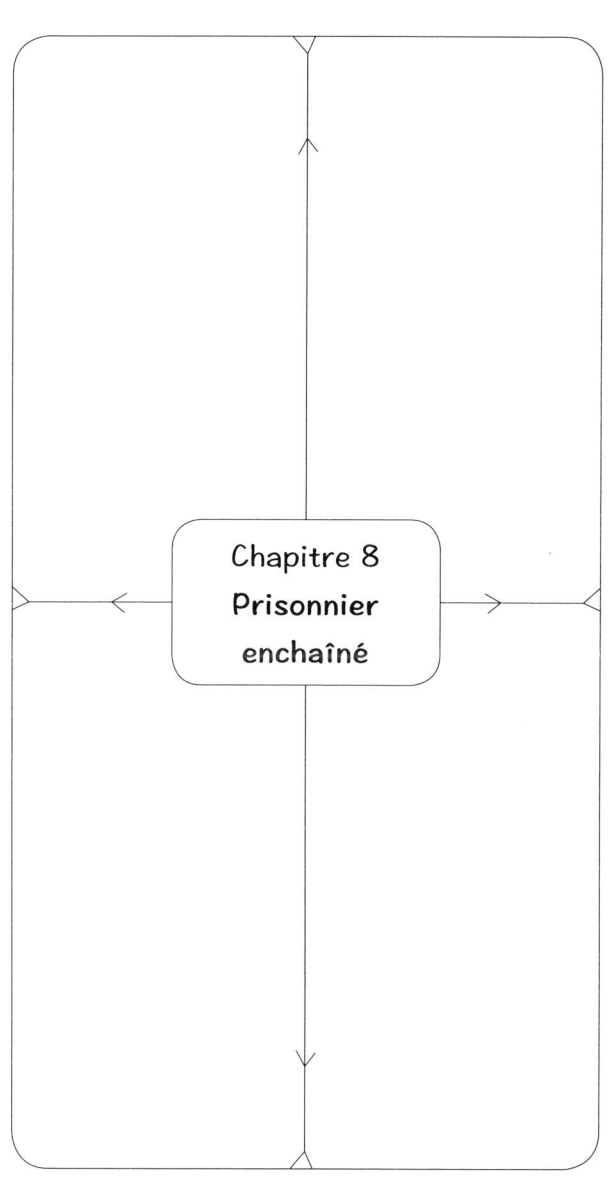

希望是怎样一次又一次重生的？这真是个谜。它宛如潮起潮落的海水，波涛汹涌。

我肉体凡胎，不可能长生不死……那我应该已经死了很久了吧？兴许是哈得斯施法留着我一条命，因为他需要我为他卖命。可在俄耳甫斯之后，再没有活人想要进入冥界，也没有死人试图从这里离开。难道说，这位不幸乐手的故事已传遍了全世界，最大胆的家伙都引以为戒、不敢来了？

接下来会发生什么事？还是说，时间早已戛然停止？

我瘦骨嶙峋，被锁在链子上，始终饥肠辘辘，我早习惯了胃里这个永远都填不满的大洞。我是这条锁链的囚徒。无论是用尖利的牙齿、锐利的爪子，还是甩动强壮的脖颈，都无法打碎它。

今天夜里，一轮冷月高照，两个人影出现在洞穴入口处。他们是谁？

“西彼拉，我们是在冥界入口吗？”

“是的，埃涅阿斯，”一个女声回答，“我们终于到了。”

“这样就能见到我父亲了？”

“我知晓未来，相信我。”

“这家伙是谁？”他指着我问道。

他以为我听不懂人类的语言。

“这家伙饿坏了，”女的叹了口气说，“哈得斯对他的奴仆并不慷慨。”

她朝我扔了块什么东西。是吃的吗？是的，一定是的！我扑了上去……可那不过是一块泥土罢了。

等我看明白这女人的诡计时，两个大活人已经走进了冥界。我气得发狂，他们居然把我当傻瓜，她胆敢拿我寻开心。

兴许冥王这次会惩罚我……然后呢？他自己先是满足了赫拉克勒斯的愿望，后来又满足了俄耳甫斯的愿望，所以……

“他们回来时，就把她给杀了。”我的第一个脑袋说道。

“他们回来时，我们就把她给吞了。”第二个脑袋附和。

“要求他们把我们给放了。”第三个脑袋提议。

我在繁星点点的夜晚中沉沉睡去，试图忘记这女人给我带来的屈辱。

这两人出现在我的梦境中：我看到西彼拉给了卡戎一根金树枝，作为他帮他们渡过阿刻戎河的酬劳。我看到埃涅阿斯想要打败可怕的影子，可他的剑只扑了个空，瞧着很滑稽。他一直在呼唤：“安喀塞斯？我亲爱的父亲？我来了，我在找你……”

他们回来时，就会尝到塞伯拉斯的厉害。

他们回来了。

我装作还在睡觉。

等着他们靠近。

就是现在，他们离我很近，几乎触手可及……可一股香味传来，让我睁大了眼睛。就像她来时一样，这女人又朝我扔了什么东西。难道又是一块泥土？不，这次闻着很香，混合着种子和蜂蜜的气味……我的三张嘴同时咬住这份意想不到的礼物。真好吃，好大一块！我突然感觉好累。三个脑袋里闪过同一个念头：食物被下了毒。

我陷入沉睡，这滋味就像死亡。

当我醒来时，他们已经走了。他们并没有毒害我，只是换了种方式愚弄我。食物里大概被塞进了安眠药。他们害怕我。可只要他们放了我，我肯定会撒腿就跑。

我还有希望逃跑吗？

还是说，我会被一直关在这里？孤零零的，无依无靠？

我还可以回忆，还可以做梦……

谁也不能阻止我回忆，阻止我做梦。

我身体虽然被锁在这里，可至少我的精神是自由的。

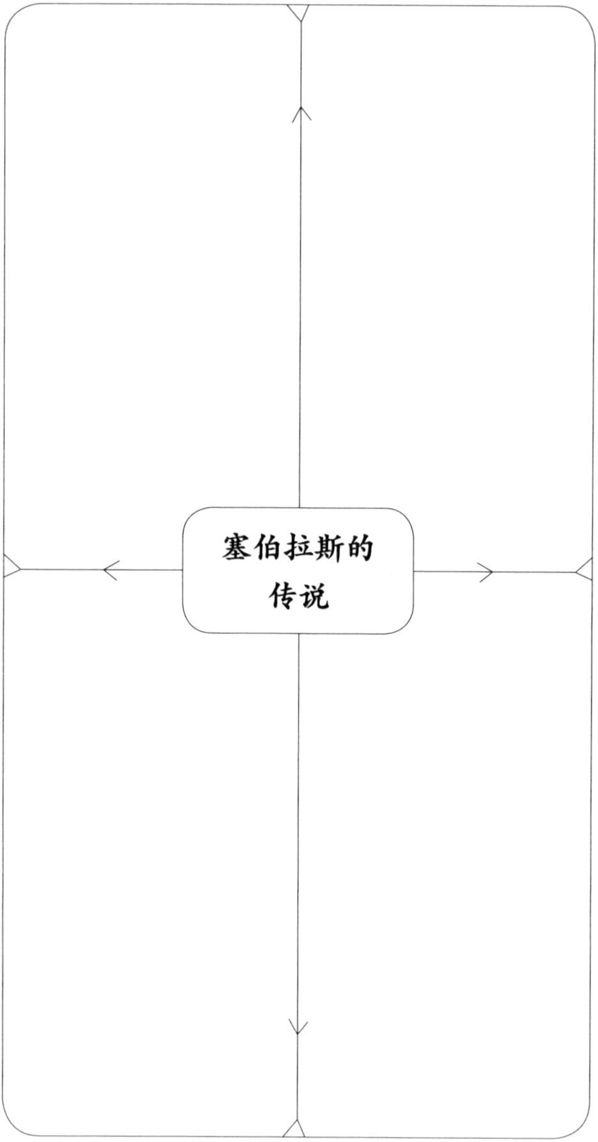
塞伯拉斯的传说

Le mythe
de Cerbère

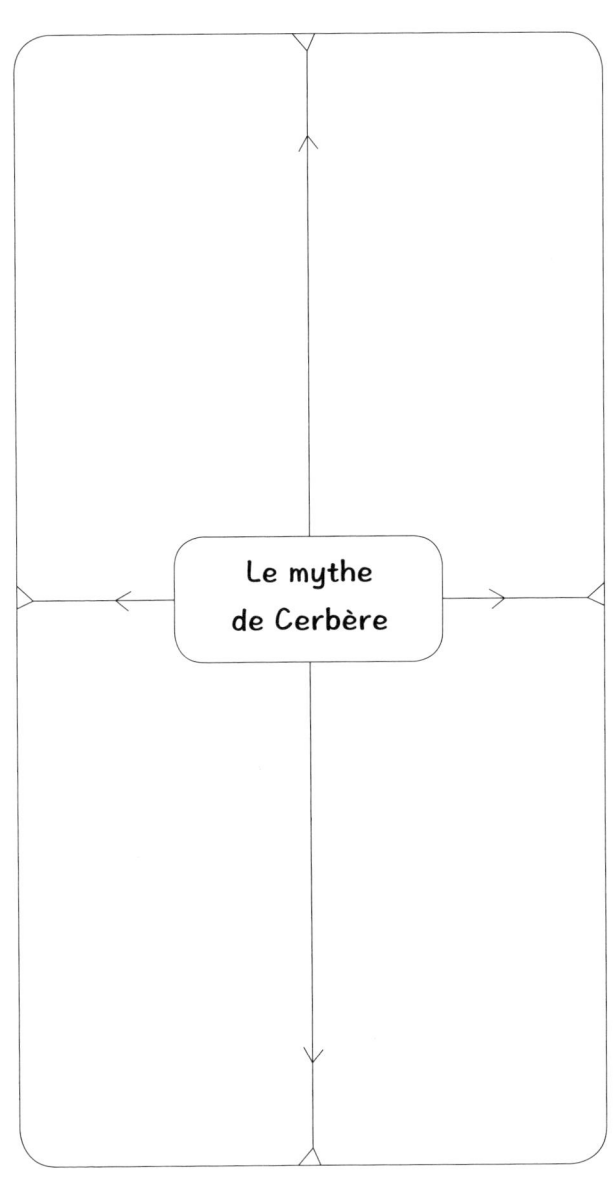

你刚读完了地狱犬塞伯拉斯的故事，进入了他的内心世界。大家总是把他看作坏蛋，可为什么不深入了解一下他的故事？这故事又是如何诞生的呢？

什么是希腊神话？

神话讲述的是非凡人物的事迹。这些人物并非儿童传说中的英雄，而是整个民族曾经信奉的男女诸神：他们属于宗教的一部分。

在2000多年前的古希腊，曾经有过供奉宙斯、赫拉、雅典娜、阿波罗的神庙……也曾有过祭祀这些神灵的神职人员，以及向他们致敬的神圣运动会，比如著名的奥林匹克运动会就是献给宙斯的。

冥界地府

希腊神话中的冥界地府和基督教认为的“坏人”会下的地狱并不同。希腊神话中提到，这些地府接纳所有有墓地的死者（也就是被埋葬的人）亡魂，以免他们回来打扰生者。然而，并非每个人在那里都会获得同样的待遇：有一个特别黑暗的地方，叫作塔耳塔洛斯，是专门为那些藐视神灵的人准备的。那些人会在那里遭受永无止境的惩罚。坦塔罗斯、西绪福斯和其他许多人就是这种情况。而英雄们的亡魂则会去到往生乐土得到永久安息。

如何进入冥界地府？

卡戎老头总是阴沉着脸，他负责将赫耳墨斯带到地府的亡魂摆渡到河流（也可能是沼泽）的另一边。这项服务当然不是免费的。因此，过去希腊人被埋葬时嘴里会含着一枚硬币，作为支付给卡戎的摆渡费。

说到塞伯拉斯，他守卫着冥界的入口。他身负双重使命：一方面防止死者离开冥界，另一方面阻止生者下到地府。这就解释了为什么死者不能复生。正因如此，赫拉克勒斯、俄耳甫斯和埃涅阿斯深入地府的冒险行为是违背生老病死的自然法则的。

© Adam Cuerden – 古斯塔夫·多雷（Gustave Doré）于1857年为但丁《神曲》一书绘制的插图《卡戎降临》，该书于1890年由Cassell, Petter, Galpin & Co.出版社出版。

冥王哈得斯

宙斯击败父亲克洛诺斯成为众神之王以后，将各地分配给自己的兄弟姐妹。他指派兄弟哈得斯掌管冥界。

希腊人畏惧哈得斯。为了不念出这个名字，他们给他起了个绰号叫“普路同”，意为“富人”，因为地下的土壤富饶，可以促进植物生长，并且蕴藏着丰富的银矿……哈得斯可不好通融。他头戴独眼巨人送给他的隐形头盔，所以别人都看不到他。

在希腊，很少有神庙供奉冥王哈得斯，只有厄利斯和厄琉息斯两地例外。

珀塞福涅

她是宙斯和丰收女神得墨忒耳的女儿。如果我们用现代方式推算，她其实是哈得斯的侄女。她还有个名字叫“科瑞”，意思为“少女”。

她长得很美，哈得斯爱上了她。有一天，当她和两个小伙伴一起采花时，从地底深处升起了一辆战车，冥王一下子把她抓上车，带入地府。他诱骗她在冥界吃了一颗石榴籽（参见本书作者所著《海妖塞壬利革亚》一书）。可怜的美人儿并不知道谁在冥界吃了东西就注定要留在那里。与此同时，听到惊恐哭声的得墨忒耳发现女儿不见了，于是四处寻找她。她忘记了自己作为丰收女神的职责：田野里什么都不长了。为了平息事态，宙斯找到了一个

© DR – 普路同（冥王哈得斯的别称）和塞伯拉斯雕像，17世纪初由乔瓦尼·巴蒂斯塔·迪·雅各布（Giovanni Battista di Jacopo）制作完成，纽约大都会艺术博物馆藏。

折中的方案：改名为珀塞福涅的科瑞一年中有半年住在冥界地府，和哈得斯在一起。在这段时间内，她母亲心如死灰，不再工作，秋天和冬天在此时降临；到了下半年，珀塞福涅和母亲团聚，丰收女神心花怒放，大自然万物复苏，春天和夏天回归大地。

谁是塞伯拉斯？

他是涅墨亚狮子和勒奈亚海蛇的兄弟，这两位在赫拉克勒斯完成12项功绩时被杀死。塞伯拉斯还有个双头犬兄弟俄耳特洛斯，负责看守巨人革律翁的牛群。

他们的父母是厄喀德娜和堤丰。

塞伯拉斯被认为是怪物，他的职责是看守冥界地府的入口。

正因如此，他被看作一个可怕、邪恶、无情的狠角色，也就不奇怪了。他的职责至关重要，因为他必须确保冥界和人世是完全分离的。

他守护着世间的秩序：生者见不到亡魂，只能哀悼他们的离世。

塞伯拉斯长什么样？

他是一条长着三个脑袋的大狗，尾巴末端有一根致命的、很像蝎子蜇针的毒刺。也就是说，他来自动物界，可他身怀绝技，属于猛兽怪物一流。

然而，不同艺术载体（陶罐、陶杯、雕塑）中描绘的他的样子有所不同：他有时被画成两个脑袋，有时浑身都是蛇，有时只在尾巴上有蛇，让人联想到他母亲和妹妹的样子。

© Eunostos － 法国导演埃米尔·科尔（Émile Cohl）1910年执导的动画短片中出现了赫丘利（罗马神话中对赫拉克勒斯的称呼）和勒奈亚海蛇。

为什么在本书中将塞伯拉斯拟人化？

希腊神话中把塞伯拉斯描述成一颗任人摆布的棋子，身负的唯一职责就是守护冥界地府大门。

可永远被链子锁着、永远都吃不饱会是什么感受？要是一条狗被困在一个狭窄空间内，成为永远无法脱身的囚徒，我们能把他看作一个怪物吗？

此外，塞伯拉斯有三个头，也就是长着三个脑袋。在笔者看来，这个体貌特征很有趣，可以将生

© Pharos － 汉斯·塞巴尔德·贝哈姆（Hans Sebald Behame）于1545年创作的版画，描绘了赫拉克勒斯在完成12项功绩时捕获塞伯拉斯的情景，纽约大都会艺术博物馆藏。

活中各种情形实现的矛盾想法进一步视觉化：比方说，只要内心深处出现一个小小的消极的声音，就足以让我们认为自己永远无法完成某件事情……

而一个较积极正面的声音会相信我们的实力，并积极给予我们鼓励……第三个声音则说出我们的恐惧……每个人都可能体验过这些内心的思想斗争。

过去通常把塞伯拉斯描绘成一个简单脸谱化的形象，我们从不探究他的感受和愿望……故事通常是从胜利者的角度来讲述的，可事实并不像乍看之下那么简单。

改变命运的几次相遇

塞伯拉斯遇到了希腊神话中的几个重要人物：

首先是英雄赫拉克勒斯。他是宙斯和凡人生的儿子，因此天后赫拉千方百计置他于死地。他被迫完成12项功绩，其中就包括将塞伯拉斯带给他的表兄欧律斯透斯——还得保证是活的。可这几乎是不可能完成的，因为首先必须征得塞伯拉斯的主人哈得斯的同意——即便赫拉克勒斯是半

 描绘俄耳弗斯和欧律狄刻的版画，由马尔坎托尼奥·雷蒙迪（Marcantonio Raimondi）和弗朗切斯科·弗兰恰（Francesco Francia）于1500年至1596年间制作完成，纽约大都会艺术博物馆藏。

神也不例外；接下来，还得击败力大无穷的塞伯拉斯。值得一提的是，赫拉克勒斯身披涅墨亚狮子的皮——他第1项功绩的战利品，很少有人知道这头狮子其实是塞伯拉斯的亲兄弟。

第二个是俄耳甫斯。他是一位杰出的音乐

家，在好几个神话故事中反复出现，其中就有阿耳戈英雄及其寻找金羊毛的故事。俄耳甫斯想让他刚死去的爱人死而复生，自然就来到冥界寻找妻子的亡魂。他的音乐让人神魂颠倒，迷住了他遇到的每一个神灵鬼怪，就连塞伯拉斯和哈得斯都不例外。可他还是在完成任务前失败了，因为他的要求有违常理。

最后一个是特洛伊王子埃涅阿斯。他是凡人安喀塞斯和女神维纳斯（对应希腊神话中的阿佛洛狄忒）的儿子，被罗马人视为他们文明的奠基人。公元前1世纪时，古罗马诗人维吉尔在《埃涅阿斯纪》（该故事讲述了埃涅阿斯在特洛伊陷落之后辗转来到意大利，最终成为罗马人祖先的故事。——译者注）中曾写到埃涅阿斯是如何在库迈城女巫西彼拉的陪伴下去到冥界的，他在那里遇到了自己的父亲，父亲向他揭示了他在罗马的光辉使命。

古代文献记载

古代很多文字记载中都提到了塞伯拉斯：有的只是将他作为英雄冒险故事中的点缀，有的虽然会多记叙几笔，可始终还是将他作为配角。这些文献中比较重要的有阿波罗多罗斯的《书库》、赫西俄德记叙世界诸神谱系起源的《神谱》、奥维德的《变形记》、维吉尔的《埃涅阿斯纪》。

后世对传说故事的艺术加工

在14世纪但丁《神曲·地狱篇》第六章的著名篇章中，诗人特别讲述了埃涅阿斯坠入冥界的故事，并声称他写这个故事获得了冥王哈得斯的允准。

在《哈利·波特与魔法石》中，守护魔法石的三头犬名叫“毛毛”，它再现了塞伯拉斯的形象。而且，这条狗一听到音乐就睡着了，让人想起俄耳甫斯的故事。

从1994年问世的《魔兽世界》到2020年的《哈得斯》，多款电子游戏中均出现了三头犬的形象。

“塞伯拉斯”这个名字如今已成为一个通用名称：在法语里，“un cerbère”（一个塞伯拉斯）成为厉害的看门人的代名词。

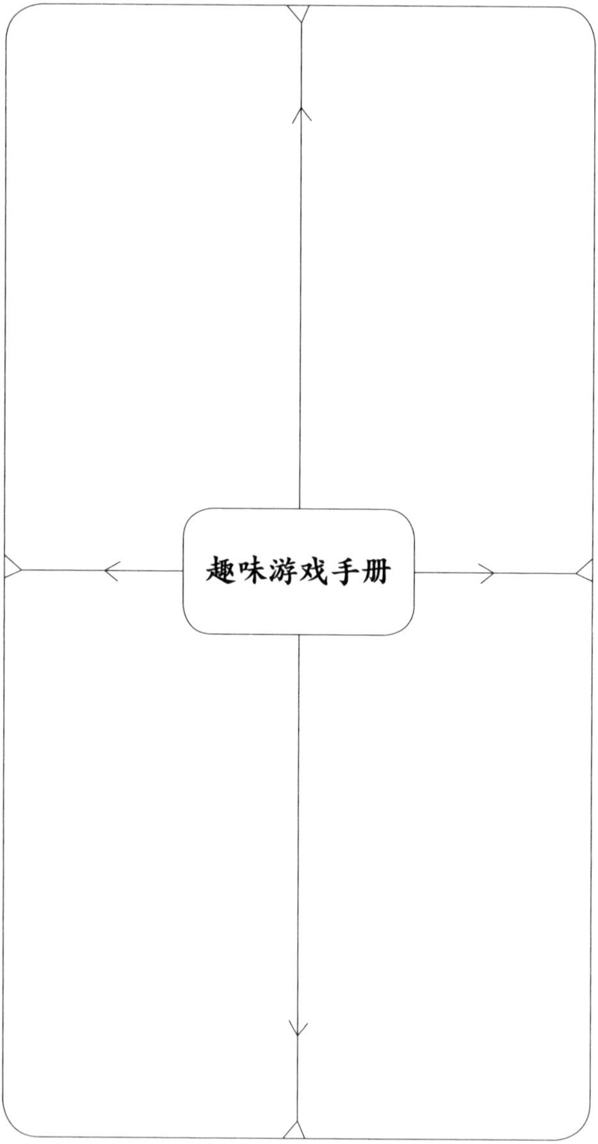
趣味游戏手册

Cahier de jeux

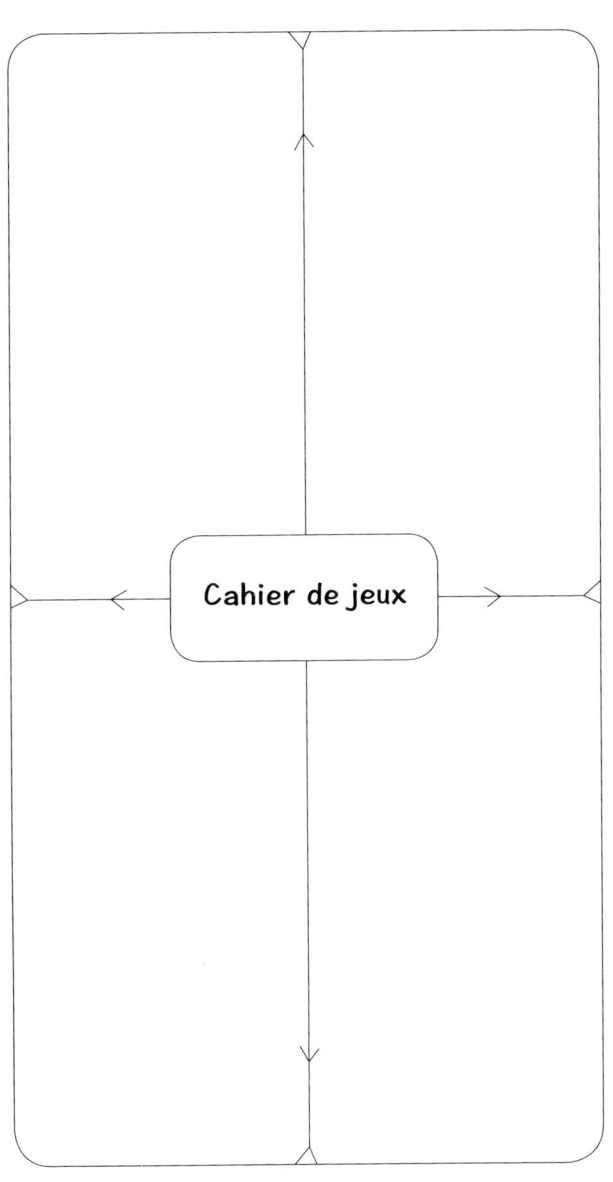

问答题

1. 塞伯拉斯的母亲是谁？

2. 塞伯拉斯的兄弟和姐妹叫什么名字？

3. 塞伯拉斯守护的入口通往哪里？

4. 掌管冥界地府的神叫什么名字？

5. 冥后叫什么名字？

6. 谁需要塞伯拉斯来完成自己的12项功绩？

填空题

***根据您刚读完的故事为这段文字填空。**

提示：下划线的数量同缺失词语中的字数相一致。

塞伯拉斯是一只长着 _ _ 脑袋的狗。他是双头犬 _ _ _ _ _、_ _ _ 狮子、勒奈亚海蛇和九头蛇 _ _ _ 的兄弟。塞伯拉斯一直梦想 _ _ _ _。当他听说宙斯指派 _ _ _ 来掌管冥界时，他就趁机离开了他的家人，没有告诉任何人。可几天后，他抵达了通向冥界的洞穴，并中了需要 _ _ 的哈得斯的圈套。这个神锁住了塞伯拉斯，强迫他永远留在山洞里。

对错题

*请指出下列说法是否正确。

---

1. 塞伯拉斯长着三个脑袋，而他的兄弟俄耳特洛斯只有一个。

   对还是错?

2. 俄耳甫斯来到冥界接欧律狄刻，可惜还没离开就忍不住回头看，最终功亏一篑。

   对还是错?

3. 赫拉克勒斯杀死了涅墨亚狮子。

   对还是错?

4. 卡戎的职责是用独木舟摆渡，将灵魂带到冥界地府。

   对还是错?

5. 塞伯拉斯的父亲名叫堤丰。

   对还是错?

6. 塞伯拉斯被困在冥界，是因为他在那里睡着了。

   对还是错?

连线题

*将每个角色的名字同你刚读到的故事中的话语相匹配。

哈得斯	“塞伯拉斯，不要仗着自己厉害就欺负你兄弟，好吗？”
欧律狄刻	“你可是生病了？妈妈的小塞伯拉斯……”
堤丰	“你，你长着三个头，尾巴末端像蝎子一样有刺。我用得着你。”
涅墨亚狮子	“如果你愿意，你可以下地步行，我只用链子拴着你。你保证不攻击我就行。”
赫拉克勒斯	“那我有充分的理由拒绝这个提议，尊敬的冥界之神。”
塞伯拉斯	“我牵挂什么？我忘不了在草地上自由自在地奔跑，忘不了我的橡树朋友们，还有露滴如珠时和仙女们玩耍的日子。”

答案

问答题

1. 厄喀德娜。
2. 双头犬俄耳特洛斯、涅墨亚狮子和勒奈亚海蛇。
3. 冥界地府。
4. 哈得斯。
5. 珀塞福涅。
6. 赫拉克勒斯。

填空题

1. 三个
2. 俄耳特洛斯
3. 涅墨亚
4. 海德拉
5. 周游世界
6. 哈得斯
7. 守卫

对错题

1. 错。塞伯拉斯长着三个脑袋，而俄耳特洛斯有两个。
2. 对。俄耳甫斯出于担心，在距离冥界出口几步之遥的地方回头看了。因此，他的妻子欧律狄刻只能永远留在地府。
3. 对。赫拉克勒斯需要完成12项功绩，其中之一是杀死涅墨亚狮子。当他遇到塞伯拉斯时，因为身上披着狮子的毛皮，所以获得了超人的力量。
4. 错。卡戎用小船将亡魂带往冥界地府。
5. 对。他父亲的确名叫堤丰。
6. 错。塞伯拉斯被困在冥界，是因为他吃了哈得斯准备的盛宴。谁在地狱中吃东西就注定要永远留在那里。

连线题

哈得斯：“你，你长着三个头，尾巴末端像蝎子一样有刺。我用得着你。”
欧律狄刻：“我牵挂什么？我忘不了在草地上自由自在地奔跑，忘不了我的橡树朋友们，还有露滴如珠时和仙女们玩耍的日子。”
堤丰：“塞伯拉斯，不要仗着自己厉害就欺负你兄弟，好吗？”
涅墨亚狮子：“你可是生病了？妈妈的小塞伯拉斯……”
赫拉克勒斯：“如果你愿意，你可以下地步行，我只用链子拴着你。你保证不攻击我就行。”
塞伯拉斯：“那我有充分的理由拒绝这个提议，尊敬的冥界之神。”

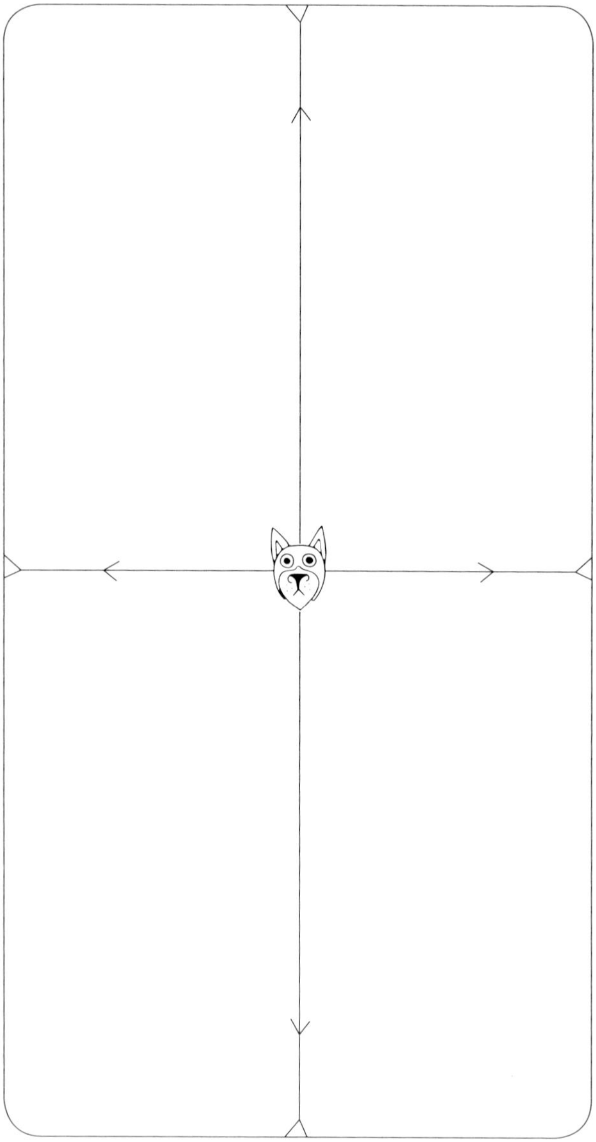

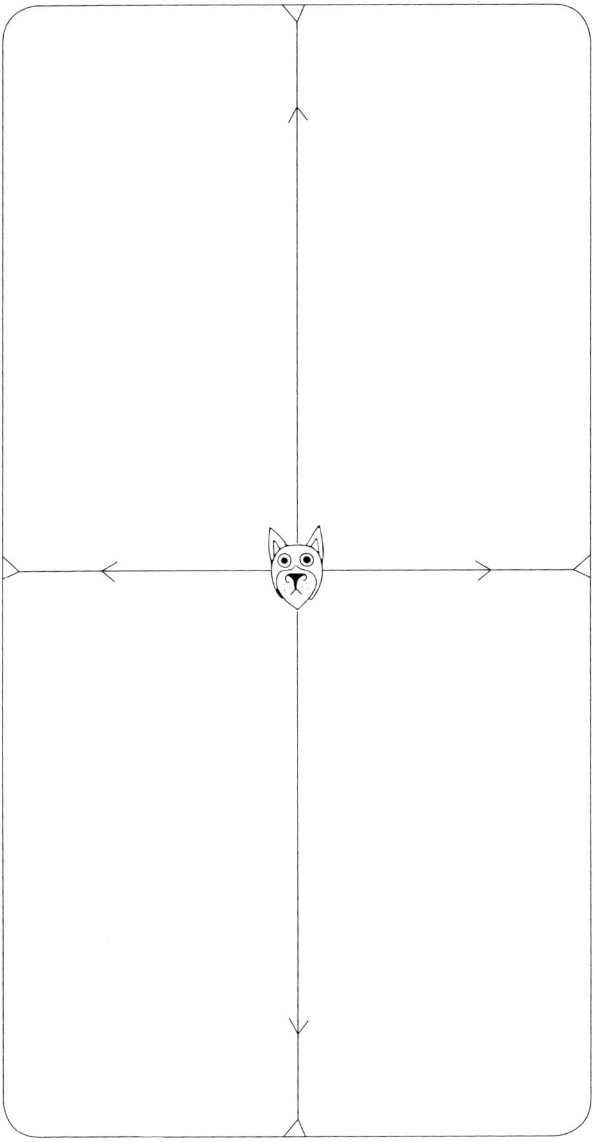

人啊，认识你自己！

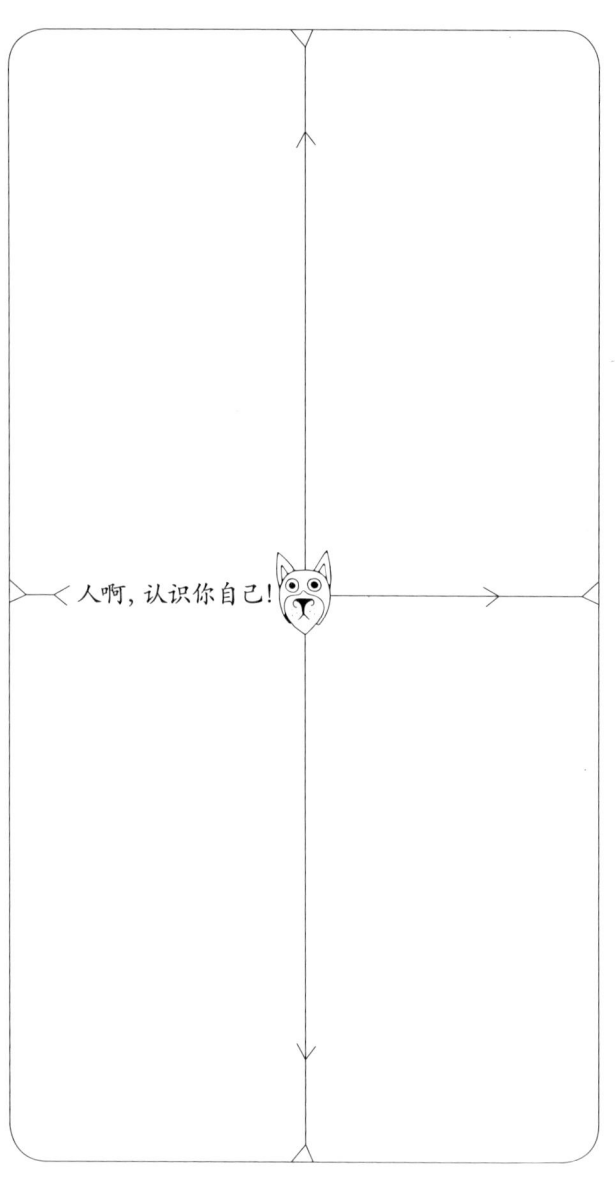